# 一篇の詩に出会った話

P・ippo 編

西 加奈子
穂村 弘
後藤聖子
加賀谷 敦
前野久美子
出光 良
能町みね子
辻村深月
右手新土
青柳しの
宮内悠介

かもがわ出版

# はじめに

生きていると、じつにさまざまな「出会い」があります。本書は、そのなかでも「〈一篇の詩〉との出会い」に焦点をあて、十一名のかたへインタビューをしたものです。従来の詩の紹介や、鑑賞の手引きのような本とはちょっと趣が異なるかもしれません。ここにあるのは、おのおのの感性にもとづく詩の読みかたや、自由な受け止めかただからです。

在野で詩の伝道活動を始めて十余年、「好きな詩があって……」と打ち明けてくださるかたと折々に出会ってきました。そのときの少しの含羞と愛のこもった表情といったら。そして始まるお話や、元から心のなかにあったかのように口ずさまれる詩の一節に、どれだけ胸をときめかせてきたことか。いつしか、わたしは、その「詩の行方」が知りたい、と強く思うようになりました。〈一篇の詩〉が連れていってくれる場所、見せてくれる風景、と言いかえてもいいでしょう。

そこで、いろいろな分野で活動されている、敬愛するかたがたに「特別な一篇の詩」について、またその詩と出会ってからの人生についてのお話をじっくりとうかがいました。

十一名のかたの胸の小箱をそっと開けて。さあ、詩の行方を探す旅に出かけましょう。

Pippo

装画・挿絵　鶴田陽子
装幀　　　　土屋みづほ

# 一篇の詩に出会った話　目次

# 一篇の詩に出会った話

## 西 加奈子

# ほんまにそう思ったんだったら、それでええやん

茶碗の底に梅干の種二つ並びおるああこれが愛と云うものだ

山崎方代『方代』

### 山崎方代の歌との出会い

西　十年前くらいかな。鎌倉の鎌倉文学館に遊びに行って。そこに掛け軸があったんです。方代さん自筆なのか、ちょっと忘れちゃったんですけど。山崎方代って人のこと、まったく知らない状態でその掛け軸の歌を見て、うわあ、むちゃくちゃいい歌やなあ、と思って。けっこう小さい頃から、詩や短歌みたいなものに対して、勝手にハードルを感じてたんですよね。だから、詩歌に、自分から出会いに行く、自分からページをめくって、詩を読むぞ、短歌を読むぞ、って感じじゃないと、ポエジーが感じられないんですよ、そんな感性

がなくて。でも、その鎌倉文学館での出会いは、まさに偶然に出会った、ほんとうに飛び込んできた言葉で感動した。それが短歌だった、というのが、嬉しかったですね。

――十年前っていうと、雑誌「an・an」で、西さんとせきしろさんとで、「題詠で短歌を詠む」という連載を始められた頃でしょうか。

**西**　そうそう、そうです。ほんとにそのときに出会った、っていう感じで。でも、短歌の連載をしていたから、短歌を探してた、ってわけでもないんですよね。すごい、いい出会いかただったと思います。そういう意味で。

――出会われたときに、その歌にとくに感じられたこととかありましたか。

**西**　そのとき、ちょうど短歌をやりはじめた頃で、難しさもわかってきてたし、短歌って、もちろん答えはないし、「詩歌は答えがない」って言われてるけど。なんとなくの、いい悪いは、あるじゃないですか。たとえば、この言葉とこの言葉は近いから良くない、とか。穂村弘さんもおっしゃってたけど、「臍《へそ》」っていうお題が出たとして、「臍」が生命と結びつき過ぎているから、作るのむずかしい、とか。つまり、それは、生命と結びつき過ぎた詩や短歌を作るのは良くないとされているのかなとか。いろいろ考えていたなかで、方代さんが下の句で「あああこれが愛と云うものだ」って、思いっきり言ってて。それが、むっちゃ嬉しかったんですよ。

――たしかに、詩歌を作るうえで、思ったとしても、そんなにストレートに言っていいのかな、と躊躇するようなところは、あると思います。

**西**　詩歌にかぎらず、小説とかすべて、自分の言葉もそうですけど。断定することって、難しいじゃないですか。ダイバーシティがいい意味で進んでいるところもあるし。悪い意味では、断定がすごく危険、っていう。断定する勇気がなくなっていってて、自分もね。わたしはこうだけど、みんなはそうじゃないかも、みたいに、言葉として弱くなっていくんですよね。でも、そんななかで、「ああこれが愛と云うものだ」って、すごく個人的な感性にもとづいた断定を見せられて、嬉しかったんですよね。もし、自分が思ったとしても「ああこれが愛と云うものか」とか、ちょっと逃げそうな気がするんです。でも、方代さんは、ほんまにそう思ったんやろうなあって。ほんまに思った、っていうのがすごい大切やな、って思います。

――なるほど。そういえば、方代さんの敬愛する詩人の一人、高橋新吉のある詩のなかに、この歌の一節があるんですね。

**西**　へえ、引用してるってことですか？

――少し変えてますけど、そうですね。高橋新吉の詩「不思議」の「あれは地球の壊れる音ではないか／茶碗の中に梅干の種が二つある」（詩集『霧島』）という詩句に感銘をうけて、方代さんは、この歌を生みだされたとか。

**西**　ほうほう、そうですか。ほかにも方代さんの「こんなにも湯呑茶碗はあたたかくしどろもどろに吾はおるなり」とか。それも自分やったらようやらんなあ、というか。「湯呑茶碗」と「あたたかく」が近すぎるとかあるじゃないですか。「こんなにも」もけっこう危険で。けど、ほんとに思ったことやったら、ええんやな、響くんやなあって。

### アホな言葉のなかにある真実

――小説『サラバ！』のなかで、家族でエジプトに滞在中、幼い主人公の母親が、一般的・客観的にみたら良くない、けれども率直な発言をしたことに対して、「間違っているけれども、真実である言葉」というふうに書かれていた記憶があります。

**西**　もちろん、母親の言ったことはダメです。それについては、すごくシチュエーションが複雑なんで説明するの難しいんですけど。たとえば、「むちゃくちゃ正しいこと言うけど、優しくない人」と「アホなことしか言われへんけど、優しい人」っているとして、いまの自分は、すごく後者のことばっかり考えているというか。この頃、とくに嬉しい傾向ではあるんですけど、正しい言葉にたくさんふれられるから。ポリコレも進んだし、フェミニズムも進んで、もちろん途上だし、すごく勇気をくれる、正しくて、力強い言葉をもらえる。で、自分もそうありたい、と思うんやけど、一方で「アホなことしか言われへんけど、それが真実だったりする」ことってあるじゃないですか。なんて言ったらいいんやろう。

――正しくはないけれども、心に届く言葉ってありますね。

**西** たとえば、わたしの母親の話になるんですけど。わたしが作品のこととか、ほかにも関係ないことでいろいろと批判されたときに、なんで、こんなん言われなあかんねやろ、って悩んで。でも、その批判がすごく正しかったりするんですよね。言葉として、正しいんですけど、自分はすごく傷ついてしまう、というとき。詳しい内容はあまり話さずに「いろいろ、言われてなあ」って言ったら、そんときまだわたし独身だったんですけど、母親が「あんた、その人に結婚式とか、お葬式、来てほしいん？」って聞いてきて、「いや、葬式もやけど、たとえば結婚するとして、結婚式も呼ばへんし、別に来てほしくないで」って言ったら、「ほな、ええやん」って言われて。それだけ聞いたら、そんな単純な話ちゃうし、あとその結婚式に呼びたい人かどうか、っていう判断も間違ってるし、母親の一刀両断って、その批判の正しさとかぜんぶ切り捨てるし、間違ってるんだけど、むちゃくちゃ勇気出て。ほんまやなあって（笑）。そっから、ほんとに気にせえへんくなったんですよね。

——すごい一刀両断！（笑）

**西**　そういう、アホやけど。出すとこ出したら、なに言ってんねんコラ、っていうめちゃくちゃ危険をはらんでる言葉の美しさ、ってあるな、と最近思ってて。方代さんの「ああこれが愛と云うものだ」なんて、たとえばいまツイッターに書いたら、ぼろくそ叩かれると思うんですよ。「なにが愛やねん」「愛なんて人それぞれに決まってます」みたいな。

——あはは。たしかに、ツッコミの嵐になるかもです。

**西**　この「茶碗の底に」って、夫婦の歌ですよね。夫婦とか、結婚を幸せだ、っていうのなんて間違ってる、て意見もむちゃくちゃあるでしょうし、わたしも思うし。でも、その瞬間、方代さんがほんまにそう思ったんだったら、それでええやんっていう。正しさに引っぱられて、夫婦の美しさを否定することもないよなあ、って。

――梅干しの種二つに仲良い夫婦をかさねて、愛だなと感じたのならば、それでいい。

**西**　そうなんです。わたしこれ見たとき、まだ独身でしたけど、別にムカつきもせんかったし。ただただ、めっちゃええ歌やなあって。方代さんが、夫婦こそいいんだ、って言ってるわけじゃなくて。いま、この瞬間、マジでええなあ、って思っただけなのかな、っていうのが伝わって。ポエムとかポエジーを感じるのって、瞬間なのかな、って思いました。その「瞬間」をわたしも体験できた気がして、なんだかすごく幸せでしたね。

――人生や生活のなかでふと、この歌を思い出すようなことってありましたか。

**西**　思い出してから、なにか行動に移すっていうよりは、自分が友だちとかに言ってしまったことが、めっちゃアホみたいやったとして。この方代さんの「これが愛と云うものだ」じゃないけど。友だちがなんかむっちゃしんどい、たとえば、死にたい、みたいになってるときに、なんやろ……「わたしはあんたのことが大好きやで」としか言えなかったときに、もしかしたら、それが彼女をもっとくるしめたかもしれんけど。そのときのわたしの純度はすごい高かった、というか。もっと考えて、正しいこととか言えたはずなんですよ。そういうときに後悔はするんです。作家やってて、いろいろ言葉も尽くさなあかんはずなんやけど「あんたのこと好き」しか言われへんかったな、って。でも、そのとき「好きやねん」て言った瞬間以上に強いことを小説では、いまあんまり書けないから。言葉はアホやけど、そっちの方が強かった、っていうのはありますね。

西 加奈子さんの短歌について

――先ほど話に出ましたが「an・an」連載で、西さんが題詠で作歌に挑戦されていた『ダイオウイカは知らないでしょう』（西 加奈子・せきしろ 共著）にある「あの方が覚悟を決めた瞬間をダイオウイカは知らないでしょう」って歌が、ほんとにいいなあ、と。

**西**　あれは、穂村弘さんのお題「ダイオウイカ」がすばらしかった！

――「ダイオウイカ」というお題で、すぐ歌ができたんですか？

**西**　そうです。ダイオウ（大王）に引っぱられて、「あの方」ってなって。単純なんです。

――この歌をみて、穂村弘さんの「サバンナの象のうんこよ聞いてくれだるいせつないこわいさみしい」(『シンジケート』)が脳裡をよぎりました。響きあうとこがあるなあ、と。

**西** そうですね。たしかに、そう言われたら。ここと は違う時間があるっていうのは、希望ではありますよね。ダイオウイカのも、穂村さんの歌もそうですけど。こっちが勝手に感情を託してるわけじゃないですか。たとえば「サバンナの象のうんこ」が、「こうしているあいだにも人間は……」とか思ったことなんて一回もないと思うんですよね。その一方的感、というか片想い感、片想い以上の絶望、がたまらない。

――サバンナの象のうんこは、おそらくなにも思ってないですよね(笑)。

**西** ダイオウイカだって、玉音放送とかで、天皇陛下が「戦争負けました」とかやってるときに、「人間どもが愚かな争いを……」とか思ってもない、っていう(笑)。なんにも思われてない、ってことが、ものすごく心強いんですよね。無視しといてほしい、っていうか、無視しようとも思わんといてほしい。なんにも思わんとっておいてほしい。

――ダイオウイカが知らない、知らんぷりしていることが、救いである、というような。

**西** 知らんぷり、っていうか、「マジで知らん」ってことが心強いんです(笑)。マジで、クソでもない、なんでもない、っていうのがすごい嬉しいんですよね。

存在の肯定

――方代さんの歌をうかがってから、西さんの作品を再読していたら、あなたはあなたのままでいい、あなたは自由なんだ、というメッセージや、他者への肯定感・信仰の尊重みたいなものを、改めて感じて。

**西**　なんだか、自分でそれを言い訳にしちゃいけないんですけど。「アホでも言葉を発していい」というのはすごく言いたくて、なんつったらいいんでしょうね。自分が肯定されたい、っていうのが、やっぱり大前提なんですよね。わたし、たぶんすごいセルフィッシュで。そうですね。それが大きい、と思います。みな、そうちゃうん？　っていうか。みんなイヤなところあるし、でも一旦、肯定したい、自分がおることを、ってのは、すごい思ってて。アホでもいいやろ、許して、みたいなとこはあると思いますね。

――方代さんの歌集を読んだりすることもあったんでしょうか。

**西**　すごいええなあ、と思って、そのあと歌集を買ったんですよね、古本屋で。でも、やっぱり歌集になるとあんまり読まれへんくて。音楽とかと似てるのかな。たとえば、カフェとかで流れてて「うわ、これ、むちゃくちゃええ曲！」って、アルバム買ったら、家ではあんまり聴けへんみたいな。やっぱりあの瞬間、あの状況で、あのときのわたしやったからむっちゃ響いたんやろうなあ。小説なんかもそうですけど、短歌とかって、向こうからバン！　って飛び込んでくるジャンルじゃないじゃないですか。能動的じゃないと出会えないものだから。こう、音楽的に入ってきたっていうのが良かったんですね。

――この歌は、ご自身にとってどういう存在でしょうか。そんなに、大げさなものではないのかな、とも感じますが。

**西**　なんやろ、そうなんですよね。それもまた良くて。今回「一篇、なんですか」って言われたときに、パッと思いつくものが、この歌で。わたし、けっこう偉人の言葉みたいなのむっちゃ好きで。やっぱりパンチあるし、いいんですけど。そういうことでもないじゃないですか、方代の歌って。別にそんなにウィズダムがあるわけでも、人生の指標にするべきものでもないし、「座右の銘はなんですか」って聞かれて、言うような感じのものでもない。その寄り添いかたが、すごくやさしいように思います。だから、こういうふうに人に聞かれて、やっと、そういえばこの歌、好きやった、って思い出すくらいの距離感がすごくいいんです。

西 加奈子（にし かなこ）
一九七七年テヘラン生まれ、カイロ・大阪育ち。二〇〇四年『あおい』でデビュー。二〇〇七年『通天閣』で織田作之助賞受賞、二〇一三年『ふくわらい』で河合隼雄物語賞受賞、二〇一五年『サラバ！』で直木賞受賞。小説の他絵画、絵本も手がける。

山崎方代（やまざき ほうだい）
一九一四〜一九八五年。山梨県八代郡右左口村出身。十代で短歌の創作を開始。二十代後半に、戦地にて右目を失明、のこる左目もわずかな視力となる。戦後は放浪ののち、姉の家や、知人宅の庭に間借り住まいし、作歌とともにたくましく生きぬいた。歌集に『方代』『右左口』『こおろぎ』など。

# 穂村 弘

## 世界全体を含む一行

光あるところに影がある　まこと栄光の影に数知れぬ忍者の姿があった
命をかけて歴史をつくった影の男たち　だが人よ　名を問うなかれ
闇に生まれ　闇に消える　それが忍者のさだめなのだ　サスケ　お前を斬る！

「サスケ」オープニングナレーション

「サスケ」ナレーションとの出会い

**穂村**　詩として意識して出会ったわけじゃないんだけど、初めて好きになった詩はいわゆる近現代詩ではなくて、テレビの「サスケ」とか「奥さまは魔女」とかの、冒頭のナレーションだったんだよね。子どもの頃からナレーションが好きで。「サスケ」の「光あるところに影がある／まこと栄光の影に数知れぬ忍者の姿があった」。これに、すごいドキドキしたというか（笑）。

――なにが始まるんだろう、という昂揚感がかなりあります。

**穂村**　それで改めて見てみたら、ぼくの頭のなかでは文語体ふうのイメージだったんだけど、そうじゃなかった。ベースの文体そのものは七五調でも五七調でもなく、かつ文語じゃない。この「まこと」とか「名を問うなかれ」とか、そのあたりに文語体の雰囲気があるだけで、実際には口語体なんですね。あと体言止め、「命をかけて歴史をつくった影の男たち」とか。ちょっとした言いかたで格調とか雰囲気をうまく作り出している。それと、「それが忍者のさだめなのだ」までは、俯瞰のナレーションなんですね。それで「影の男だ」ってことを強調してて、「人よ名を問うなかれ」っていうふうに言っているのに、そこからとつぜん敵の声に切り替わって、最後に「サスケお前を斬る！」って、問わないはずの名前が出るところもかっこいいんですよ（笑）。

子どもへの信頼

――この「サスケ」のアニメ、穂村さん、六、七歳とか、わりと幼少の頃ごらんになっていますよね。

**穂村**　そうです。それにしてはずいぶんハードなオープニングナレーションですね。子どもは、意味というよりも耳で聴いてるところがあるけど。いまだったら、対象年齢考えても、あんな気合の入ったナレーション、格調高すぎる。でも、あれをめちゃくちゃ覚えているんだよね。子ども向きにしなくても、子どもの心にちゃんと届いてたんだなって、あんなハイブロウなものが（笑）。それが嬉しくて。いま見てもしびれるもん。「光あるところに影がある」。冒頭の一行がこれかぁ！　って。

――とつぜん、切り込んできますよね。

**穂村**　鋭角的よね。ユーザーフレンドリーじゃない。信頼感があるんだよね、子どもに対して、ありえないでしょ、名前を言ってから斬るとかも。こんなの全然、様式美で、リアリズムじゃないもん（笑）。

――「サスケ」は戦国時代、少年忍者の成長譚という感じですが、残虐性もあるし、階級・差別であるとか、ハードなところもありますよね。
**穂村**　命の重要性の設定とか、全然違うんだよね。いまだと命はめちゃくちゃ重要だっていう世界観のなかに我々は生きているけど。サスケの世界は違っている。たぶん、当時の革命思想が入っていると思う。それを、エンタテインメントに徹底して落とし込んでいる。その思想性とエンタテインメント性の、すごさがあるんですよね。「サスケ」は、いちいち科学的に忍法の説明があるのもおかしくて（笑）。

――ありましたね。忍法の説明！「微塵《みじん》がくれの術」とか、オオカミたちを引きつけておいて、木のうろに隠れ、火薬で爆破したり。
**穂村**　そうそう、なんだっけ、犬を引きつける薬を作るにはミミズをいっぱい集めてきて、それをどろっどろに溶かして、その匂いが犬にはたまらなくて、犬版のまたたび、みたいな。そういうの覚えてるなあ（笑）、子ども心に「すごいな！」みたいな。

「ナレーション」に感じた詩性

――じつは、「特別な一篇の詩」をうかがい、「ナレーション」と教えていただいたとき、少し驚きました（笑）。

**穂村**　ああ、そうですね。六歳くらいの子どもにもすごい焼き付いているということのうらやましさはあるよね。自分の書いている短歌が六歳の子に焼き付くところとか想像できなくって。同じ韻文だと思うから……負けてんじゃん！　みたいな（笑）。テレビというメディアの力が大きいんだけど。それにしても、まあ、自分が書き手になってからは、いかに韻文というものが届かないか、ということを痛感するので。

――詩歌にくらべ、メディアの力はだいぶ大きいと思いますが、それでもこの「ナレーション」の吸引力というのは、そうとうです。

**穂村**　「奥さまは魔女」のナレーションもすばらしいもん。これ、日本版オリジナルってことらしく、原語版にはないらしいんだけど。魔女の世界にしても忍者の世界にしても「異世界」へといざなう導入みたいなことで、もう長さも台詞も完璧なんですよ。毎週見ててもこのナレーションがはじまると条件反射的にワクワクしてくる。ただこの「奥さまの名前はサマンサ。旦那さまの名前はダーリン。ごく普通のふたりは、ごく普通の恋をし、ごく普通の結婚をしました。ただ一つ違っていたのは、奥さまは魔女だったのです！」ってオープニングナレーションはどこかの段階でなくなるんだよね。そうすると、すごくこう、さみしい（笑）。これがないと……。

――中毒状態ですね（笑）。

**穂村**　やっぱり自分が短い韻文に興味を持つ素地ってそのへんにあったような気がするんですよね。時代劇にも、いっぱいあったよね。こういうの。「桃太郎侍」とか、「大江戸捜査網」とか、みんな独特の決め台詞やオープニングで。そう、あとこないだ原稿にも書いたんだけど、CMの「伊東に行くならハトヤ電話は4126（よい風呂）」ってあれのコピーは、野坂昭如なんだよね。ふつうだと、眺望がいいとかお料理がすばらしいみたいなほうにいくじゃないですか、CMだと。でも、あのハトヤのメイン部分は語呂合わせなんだよね。伊東でいちばん、ハトヤがいちばんの理由は一切語られてなくて……あれも子ども心に強烈だった（笑）。

## 「短歌」との出会い

――学生時代、塚本邦雄さんを読みはじめられたそうですが。

**穂村**　北大のときに、同居していた友だちが読んでたんです。それで、まず本の作りに驚いて。真っ白いページに真ん中に一行あるだけでしょう、一行組みの歌集の場合は。それはやっぱり、初めて見ると異様でしたよね。しかも、その一行を読むと意味がわからないっていうね。一行しかなくてすぐ読めるのに、意味がわからないっていうことに惹かれるってあると思うんですよね、ま、逆説的なんですけど。謎っていうか、ここに秘密が隠されている、と思うような感じ。

——短歌として惹かれた、というよりも謎、秘密の匂いに惹かれた感じでしょうか。

**穂村**　そうですね、その読んでた友だちも、詩や短歌が好きだったわけじゃなくて、北大のミステリー研究会に入っていて、推理小説が好きだったんですよね。だから、暗号とかダイイングメッセージとかそういうもののイメージで、たぶん塚本を読んでたんじゃないかな。エドガー・アラン・ポーはもともと詩人でミステリーの創始者でしょ。日本でも中井英夫とかね、もともと韻文とミステリーは隣接ジャンルというイメージがありますものね。

——実際に、短歌を作りはじめたのは上智大に入ってからとのことですが、タイミング的に、書くきっかけになったことがあったんでしょうか。

**穂村**　ちょうど、短歌が話し言葉に切り替わる時期だったんですよね。それで、俵万智とか林あまりって、ぼく同学年なんですね。短歌的には彼女たちは少し先輩で。具体的には、話し言葉で書かれた林あまりの短歌「なにもかも派手な祭りの夜のゆめ火でも見てなよさよなら、あんた」を見て……というのがありました。林さんはもともと演劇の好きなかたで、初期の口語短歌って、ポップスの歌詞だったり演劇の舞台の台詞だったり、そういうもののイメージをかなり強く引いていて、ぼくはそれを見て、少女漫画のネームを連想したんですよ。具体的には二十四年組のね、萩尾（望都）さんとか大島（弓子）さんたちが、すごく好きで。それまでの漫画といえば、こう少年漫画の「男のど根性」か少女漫画の「王子様が現れてハッピー」の二択だったのに、それを、大島さん、萩尾さん、山岸（涼子）さん世代の人が一気に突き崩したんだよね。超ラディカルな世界像であり、すべての価値観は多様である、と表現してくれた。全員が同性愛を描いているね、あの世代の人たちの特徴としては。基本的に、「マイノリティがいかに救済されるか」というテーマなんですよ。ぼくの出会った表現革命がそれだった。

### 世界全体を含む一行

——この「サスケ」や「奥さまは魔女」のナレーションは穂村さんにとってどういう存在でしょうか。

**穂村**　リアルタイムでは、もちろんそんなこと考えなかったけど、まず言葉から入るっていうのが面白いと思うんだよね。テレビって映像のものなのに、いきなり言葉によるナレーションから入るというのが。まあ、古いといえば古いし、はじめに言葉ありき、聖書みたい、っていうと大げさなんだけど。「光あるところに影がある」ってところから、その作品世界の冒頭がそれで、この数秒の言葉の背後には、ひとつの作品世界があるというこ となんだよね。もともと短歌って、長歌があってそれの反響として短歌がある、っていうスタイルだったわけだから、ある世界にたいして言葉がある。ナレーションは言葉の背後に世界があって、その最後の一行が終わった瞬間に、その作品世界に入っていく。「サスケお前を斬る！」にしろ、「奥さまは魔女だったのです！」にしろ……死んでも闇に消えるさだめの忍者たちの話や、魔法を使える奥さまと平凡な旦那さまの話がそこから始まる、そういうなにか言葉の位置づけで、しかしその作品全体は持ち歩けないんだよね。見返そうにも、「奥さまは魔女」なんて、シーズン8まであってめちゃくちゃ長い（笑）。見返すことができない。でも、極端なことをいうと「光あるところに影がある」って口ずさむとそれはもう「サスケ」なんだよね。世界全体がその一行のなかに含まれている。

——凝縮っぷりが「詩」につうじていますね。

**穂村**　たぶん、そういうことなんじゃない？　すべての自分にとっての大小さまざまな思い出みたいなものが。まあ、短歌なんか最初からそれを目指して作るわけだけど、なかなか難しい。目指して、その一行があればその時空間が持ち運べる。永遠に忘れられないような一行を目指して作るんだけど、これがなかなかやろうとしても、そう簡単にはできなくて、すぐれた詩歌人が生涯に何行ね、そんなものが書けるのかっていうとたいへん心もとない。それでも、そこを目指してはいきたいです。

穂村弘（ほむら ひろし）
歌人。一九六二年札幌生まれ。九〇年歌集『シンジケート』でデビュー。短歌のほかに評論、エッセイ、絵本、作詞、翻訳などを手がける。二〇〇八年『短歌の友人』で伊藤整文学賞、十七年『鳥肌が』で講談社エッセイ賞、十八年『水中翼船炎上中』で若山牧水賞を受賞。

「サスケ」
テレビアニメ（原作・白土三平『サスケ』）一九六八年九月三日～六九年三月二十五日放送（全二十九話）TBS系列／制作・エイケン

「奥さまは魔女」
テレビドラマ（原題 *Bewitched*）
一九六四年～七二年までアメリカのABCで放送（全二五四話）。日本では六六年二月一日～六八年九月三日、六九年四月五日～九月二十七日、七〇年四月四日～十月二十四日放送／配給・ソニー・ピクチャーズ エンタテインメント／吹替版制作・東北新社

# 後藤聖子

## 背中をどん！　と押されるような

彼の職場の机のひきだしには、拳銃が一丁かくされている。かくされているといっても職場のひとは皆、その事実を知っている。

なぜなら彼は、仕事上のしくじりが重なり、職場でのいらいらが募ってくると、おもむろにひきだしから拳銃を取り出し、あたりかまわず発砲するからだ。拳銃といっても、どこかで拾ってきたような安っぽいおもちゃで、しかもタマが入っていないから引き金を引いてもカチカチとむなしい音がするだけだ。だから彼は「ぱん　ぱん　ぱん　ぱん」と自分で大声を上げ、威勢をつけて撃ちまくる。

職場のひとは皆、それが始まっても、ちらとしか見ない。僕はどちらかというと面白がって眺めている方だ。三十秒ほど、ぱんぱん叫びながら撃ちまくる彼を見て「もっと撃てよ」とか、「こっちには撃つなよ」とか、「ねらいはあいつだよ」とか思っている。

撃ち終わった後、彼はいつも涙を浮かべて笑っている。僕は、そんな彼を見て、なぜかほっとする。そして、職場に再び平和と安定がおとずれる。彼は、子猫を扱うように拳銃をひきだしにかくす。いや、かくしたつもりでいる。
それで彼の仕事が終わる。ついでに僕の仕事も終わる。

西尾勝彦「ひきだし」（『言の森』）

**西尾勝彦さんとの出会い**

**後藤**　二〇一六年の秋、だったと思うんですけど、早稲田にあったブックカフェのキャックレイドルさんでブックフェスがあって、大阪・葉ね文庫の池上規公子《きくこ》さんがいらっしゃる、と。これはぜひご挨拶へと思いまして。そこで、池上さんから西尾さんの詩集を教えていただいたんです。それが最初の出会いでした。

――おお、わたしもそのイベント行きました（笑）。そのとき、初めて、西尾勝彦さんを読まれたんですか。

**後藤**　そう、まったく知らない状態で紹介してもらって、その場ですっとはまってしまって。そのときは、たぶん、『朝のはじまり』『言の森』『耳の人』を、持ってきていらしたと思うんですけど。迷いに迷って『朝のはじまり』を買って帰りました。その夜さっそく読んで、こんな素晴らしい詩人さんがいらっしゃるんだ！　って感動したんです。それからすぐに、葉ね文庫さんにあった西尾さんの本をすべて買って読んで、すっかりファンになってしまって。

――どのへんに惹かれましたか。

**後藤**　もう！　最初の詩から。なんでしょうねぇ。この柔らかさ、心を柔らかくしてくれる、ほわぁってさせてくれる。それが同じ時代を生きている人っていうのも大きかった。私は日々こんなに荒んで生きているのに(笑)、世界のやさしいところ、きれいなところを拾い、掬い上げる人がいるんだなぁ、ってなんだか救われた気持ちになっちゃって。全速力で走っていないといけないのかな、と思ってしまうような忙しない日々のなかで、本当は、立ち止まって、眺めたり味わったりしたいと思っていたことを、心ゆくまで大事にさせてくれる言葉が並んでいたんです。西尾さんの詩はすべて好きなので、今回「一篇を」ってなったときに、かなり悩みましたが……「ひきだし」かな。これは、繰り返し、思い出しますね。

「ひきだし」

後藤　この詩は、西尾さんの「のほほん」な詩にくらべると、色合いが違うのもあって、はじめ、ちょっとびっくりしたんですけど。たぶん「彼の職場の机のひきだし」って、これ、ご自身の「ひきだし」のこと言ってるんじゃないかなと。西尾さんと、それを見ている自分の二人がいて、はじめて話がまとまっている。ここに自分のなかにある善と悪、表と裏、精神と肉体みたいな、そういう二面性を見たんですよね。私におきかえると、イライラしたり、父を憎んでみたり、そんな日常を送ってきていたので、「拳銃」が、自分の心のなかの「ひきだし」にずっとあったんだけれども、それは「おもちゃ」でなくちゃ、ってやさしく諭されているような気がしました。本当に人を撃ったり、傷つけたりしちゃダメなんだ、って。でも、そういうのって持っているものだよね、っていうところに、すごく慰められたんです。

――「人を殺してはいけません」なんて言われるより、ずっと沁みますよね。あと、自分のなかに人を傷つける暴力性があることを、そっと示唆してくれる。

後藤　それを本物の拳銃にしちゃダメだよ、って言われているようで。このバランスがうまいなって。「子猫を扱うように拳銃をひきだしにかくす。いや、かくしたつもりでいる」っていう、ここがまたすごく好きで。本来だったら、自分を守るためにもまわりを威嚇する、威圧するアイテムである拳銃を、大事に、大事にかくそうね、って(笑)。

――「拳銃」を持っちゃいけない、とも言っていないんですよね。

**後藤**　そうそうそう、扱いかたなんだよって。だから、日々、イライラしたり、行きどころのない感情に対して、いんだよ、いんだよ、そんな日もあるよって(笑)。おもちゃの拳銃を撃ちまくって、「撃ち終わった後、彼はいつも涙を浮かべて笑っている」。彼も傷ついているのだけれど、なんとかおもちゃの拳銃で気を紛らわせて、また日常に戻る作業を繰り返していく、これはほんと、多くの人のね、きっと日常なんだろうと思います。

## 七月堂での仕事と「家族」

――その二〇一六年当時は、どういう状況だったのでしょうか。

**後藤**　身体を壊してしまって、四年ばかり休職していて、復帰した一年めだったと思います。家業の七月堂を、子どもの頃からずっと手伝っていたんですね。主に、同人誌や学会誌の組版を担当していました。詩集の出版に関しては、ほとんど関わってなかったんですけど。

――七月堂は、主に詩集の版元として有名ですが、初めは、詩集の出版には関わっていなかったのですね。

**後藤**　もう、まったく！　というのも理由があるんですけど。七月堂の仕事は、他にはなかなかない仕事だと誇りには思っていたんですが、詩の出版には、どうしても関われない気持ちでいたんです。七月堂って、父と母が創立してるんですね。父がまあ、ほんとに酔っぱらって暴れてどなりちらすというような人で……。自分が信じたものを貫きたい、っていうある意味とても純粋な人でもありました。食卓を囲んだことも一度もなかったですし、私にとっては恐怖の存在だったんです。母は母で私を養わないといけないし、雇っているスタッフの給料もなんとか稼がなきゃいけない、と必死に働いていたので、帰りは十二時とかなんですよ、毎晩。私は祖母に預けられていて、だから、もうさびしくて。私から家族の温もりを奪うのは七月堂だ！　みたいな感じで。だけど、家族を憎みきれない、やっぱり愛してるから、手伝いたいんだけど……どんなふうに向き合ったらいいのかわからない、という複雑な心境でした。小学生の頃から、ずっとそんな感じで。父と母は私が五歳のときに離婚しているんですが、一緒に仕事を続けていたんですよね、父が亡くなるまで。離婚のあと、私と母は祖母の家に引っ越して、父は父で一人で暮らしてました。でも、七月堂に行けば家族が揃うっていう、不思議な（笑）。

――お父さんは、七月堂に行けば会える人みたいな。

**後藤**　そういう少し特殊な家族関係のなかで育って、仕事とプライベートの境というものがなかったことも、素直になれない理由だったと思います。父に対してはずっと拒絶感があったんですけど、父が病気になって、余命が五年くらい、ってなったときに、すごく人が変わったんですよ。

――どんなふうになられたんでしょうか。

**後藤**　いままで迷惑をかけたり、傷つけてしまった人たちに謝ってまわって。「もう二度と顔も見たくない」と言われたりしながらも、お詫び行脚をしたりとか。二〇一〇年に父が亡くなる前の三、四年くらいの時期は、私も、やっとふつうに話ができたんですよね、親子としての。そこから、七月堂や、詩や詩集に対しても、少しずつ気持ちが変わっていきました。やっと向き合えるようになったのが三十歳前後のときだったから、遅いんですけど（笑）。まあ、その頃に結婚して家庭をもち、自分の生きかたを選択したってことも大きかったです。それから、父を看取り、病気療養を経て、復帰して、西尾さんの詩に出会った。そこで「ああ、詩っていいなぁ！」って、心の底から思ったんです。同時代を生きている詩人さんから生まれる言葉に、父もきっと慰められていたんだろうなあ、とも思いました。

## 七月堂古書部開店！

――後藤さんが、七月堂の営業と古書部（店舗）を受け持つことになったのも、二〇一六年でしたよね。

**後藤**　そうです。休職扱いにしてくれていたので、復帰したらもう、どんな仕事も断らないというつもりだったんですけど、組版の仕事が減っていて、出版の営業と古書部をやってみないかって言われ。なにがなんでもがんばらなきゃ、ていう無我夢中の時期（笑）。そんななかで、西尾さんの詩を読んで。

――それは、復帰を引っ張ってくれる、大きな力にきっとなりましたよね。

**後藤**　まさに！　いま現在もそうですけど、そのときの私にとって、「西尾さんの詩をいろんな人に紹介したい」っていうのが、すごいモチベーションになりました。目的が明確にできて、それでいて、これまでずっとつらかった、家業を受け入れられないような気持ちまで変えてくれたんですよね。

## 西尾勝彦プロジェクト、始動!

——二〇一八年の春に、西尾勝彦さんのそれまでの詩集五冊をまとめた、集大成的な『歩きながらはじまること』が七月堂で出版されていますよね。

**後藤**　そうです。二〇一七年が明けてすぐ西尾さんに直接ご連絡をして、「これこういう者ですが、本を取り扱いたいんです」、とお願いをして。そこから、取引・交流が始まりました。で、その年の夏に奈良へ、お会いしに行ったんです。そうしたら、秋に西尾さんから、「本をまとめたい」というメールをいただいて。もう! 嬉しすぎて「いやったぁぁ!」って飛び跳ねて、この事務所を走り回って喜びました(笑)。それで、翌年に『歩きながらはじまること』が刊行なので、ほんとうに、ポンポンポンっとご縁が。

——刊行は即決だったんですね。自費出版ではなく、版元の企画出版とした、とうかがいましたが、かなりの英断だったのではないでしょうか。

**後藤**　即決というか、私はまだその頃役員でもなく、ちょっとずつ様子をみながら復帰をしている最中だったんだけど、これは、ウチの企画でやりたい！　断らないで。絶対に売るから！　大丈夫、大丈夫だからって説得して（笑）。これが、予想以上の売れ行きで……。初版千部が三、四ヶ月かな、すぐに売り切れて、重版分ももうそろそろなくなるので、三刷の準備中（現在三刷）です。

――後藤さんが出会って、西尾さんの作品をいろいろ（他に『のほほんと暮らす』、『のほほん手帖2020』など）出版して。それが、七月堂自体をけん引していく力になっているのが、素敵だな、と。

**後藤**　本を仕入れて置き始めたときに、きっと「本屋」としてのスタートは切っていたんだと思います。この詩集をきっかけに、実際にお客様まで本を届けてくださる街の本屋さんとも、たくさん出会うことができました。そして、「出版」――こう、作るほうに対してもめらめらと野望が湧いてきました（笑）。背中をどん！　と押されてるような不思議な感じです。

――「ひきだし」は、後藤さんにとってどういう存在でしょうか。

**後藤**　お守り、ですよね。「拳銃」の存在は、私にとっても、きっと父にとってもテーマです。仕事をしたり、家庭でもそうですけど、情緒が揺さぶられながら暮らしていくなかで、怒りの存在が悪いとは思わないんです。でも、そっちへ流されそうになったとき、ぱんぱん！　とやっちゃいそうになったときに、この詩を思い出すと、一呼吸おいて、「おもちゃの拳銃」でなきゃいけないんだ、と自分に言い聞かせることができます。自信もないし、自己嫌悪にも陥りがちなんですけれど、「そんな彼を見て、なぜかほっとする」という言葉で、慰められ、赦される感じもあって。うん、またがんばるか、って思えるんです。

後藤聖子（ごとう せいこ）
一九七五年生。出身、在住ともに東京都世田谷区。㈲七月堂取締役役員。おもに営業と広報、古書部の運営を担当。自分に返ってほっと一息つける本屋と本づくりをめざしている。
七月堂・七月堂古書部
東京都世田谷区松原2－26－6
TEL：03-3325-5717
note「shichigatsudo」

西尾勝彦（にしお かつひこ）
一九七二年生、京都出身・奈良在住。詩人。三十代の半ばに美術作家・永井宏のワークショップに参加し、詩作を開始。ときおり、手製の詩冊子やフリーペーパーを刊行しつつ、詩の創作をつづける。「そぼく・さとり・のほほん」な作風が持ち味。詩集に『歩きながらはじまること』『光ったり眠ったりしているものたち』など。

加賀谷 敦

# ひとつの「居場所」になれたらいい

ふるさとは遠きにありて思ふもの
そして悲しくうたふもの
よしや
うらぶれて異土の乞食《かたゐ》となるとても
帰るところにあるまじや
ひとり都のゆふぐれに
ふるさとおもひ涙ぐむ
そのこころもて
遠きみやこにかへらばや
遠きみやこにかへらばや

室生犀星「小景異情　その二」（『抒情小曲集』）

## 室生犀星「小景異情」との出会い

**加賀谷**　二〇一八年かな、最近なんですけど。書棚にあった室生犀星の詩集を、たまたまパラパラめくっていたら、この「小景異情」の詩が、なぜだかすーっと胸にしみこんできました。いままでは、有名だからこそスルーしてきた詩なのに。

――ふだんから、ときどき「詩」を読むことがあったりしたのでしょうか。

**加賀谷**　じつは情けないことに、詩というより小説をずっと読んできていたんですよね。大学でフランス文学を専攻してたのもあって、詩ってこう、象徴的な言葉が多く、難しいのかなと思っていたし。でも、そのタイミングでこの詩を読んで、心にある、想いや気持ちを、そのまま言葉にしてもいいんだ、と。「詩」の入り口へ導いてくれた詩でもあります。そこから、詩や、犀星に対しての興味も大きくなっていきました。

――そのときは、どんな状況、タイミングだったのでしょう。

**加賀谷**　読んだのが、ちょうど、なにをやったらいいのか、わからないときだったんですよ。二〇一五年に大学を卒業して、いったん、出版印刷の会社に就職したんです。一年半くらいして、仕事がヘビーだったのもあり、いろいろと心のバランスを崩してしまって、けっこうギリギリな状態だったんですね。それで、仕事を辞めて、いくぶん落ち着いたんですけど。ずっとベッドの中にいても、ヤバイなと。お金は少しあるし、向こう側に行ってしまわないうちにちょっとプラプラしたり、旅行でも行こうって。

――お生まれは、どちらなんでしょうか。

**加賀谷**　千葉の浦安です。ぼく、中学から、東京の学校に通ってて。ちょうど携帯電話を自分用として持つ同世代が増え始めた頃だったんですけど、小学校の同級生の連絡先も知らないので、地元にもいま、友だちとかいないし。あまり社交的でないのもあって、中高でも、友だちとかと関われてはいなかったので。そこにもあまり居心地の良さを見いだせず、そういう意味でも「ふるさと」ってなんなんだろう？　って思いがずっとあったんですね。大学に入ったら、けっこう地方からの人とかもいたし、ずっと東京で暮らしてます、って人も会いましたけど、そういう人とも自分は違うし、なんか、郊外生まれって、どこか、なんとなく誰にもなじめない感じがあって。

――なるほど。わたしは東京生まれですが、そこで生まれてそのまま仕事したり、生活していると、たしかに「ふるさとってなんだろうな」って思うことがあります。

**加賀谷**　さっき話した「ヤバイ」とき、地方に旅行に行って、函館のとある飲み屋にふらっと入ったら、そこのママさんと、席で隣りあったかたが、そのときのぼくに刺さる言葉をかけてくださって。「ふるさと」って、ただ場所だけじゃなくて、人の心のような意味もあるんだなあ、って認識させられたんです。「ふるさと」っていうと、場所とか環境を指しがちだと思うんですけど。自分を責任／無責任、関係なく肯定してくれるような気持ちみたいなもの、ぼくにとってのやさしい思い出みたいなものが、「ふるさと」なのかなあって。

――こう、精神的な、安心できる心の「居場所」みたいな？

**加賀谷**　そう、物理的な場所っていうよりも、人なのかなあって。すごくそのときの経験が、いまの考え方に関わってるなと思いますね。大学の友人たちとか、いまでもずっと仲良くしてくれてて、そのときに改めて、彼らのありがたさみたいなものを感じて、「これ、ふるさと、なんじゃないのかな？」って感じたんですよね。

――二〇一六年、二〇一七年頃は、いろんなところを旅してた感じですか。

「ふるさと」を巡る旅

**加賀谷**　そうですね。二〇一七年に、ひとつの転機がありました。ぼく、秋田県がひとつのルーツなんですよ。両親がどちらも秋田県出身で。小さい頃から、父や母の実家、秋田に帰省するたびに連れて行かれてたんですけど。でも、やっぱり違うな、っていうのはあった。「ふるさと」ではあるんですけど、そこで生まれて育ったわけじゃないし。だからその手がかりを探しに、秋田で働くんですね。十二月頭からかな。そこは、ゲストハウスとバルをくっつけたお店で。魅力的だったのは、その店のオーナーさんが、味噌屋で生まれ育ったかたで、地元のいいものを商品化して提供して、皆さんに喜んでもらえたら、っていう気持ちでやっていたところです。地元のかたも皆さんいい人たちで、すぐ打ち解けてはくださったんですけど、やっぱり「加賀谷くんは、東京の人だよね」という感じはあって、そこでもある種の孤独感はありましたね。だんだん貯金も尽きてきたので、三月の確定申告中に、帰ったんですけど。だからそこに居たのは、三ヶ月くらいかな。

――いったん帰ってこられたんですね。

**加賀谷**　それで、浦安に戻って。いまのもうひとつの職場、図書館の夜勤として働きだしたのがそのタイミングでした。二〇一八年、三月か。で、じつはもともと、青森でこういうお店をやろうとしてたんですよ。太宰治がねえ、やっぱりどうしても好きで。それこそ、ぼくのルーツを考えたときが、作家たちのルーツってなんだろう、ってことにも興味がわきはじめたときで。月に一回は、物件探しに行ったりしてました。有楽町にふるさと回帰支援センターというNPO法人があって、青森移住を考えてる人のためのフェアとか、おためし移住ツアーみたいなのに参加したりしてたんです。ただ秋田で感じたようなある種の孤独感は受けて。参加している人みんな高校まで青森だった、そのあと、東京で働いて、また戻ります、というかたが多くて。縁もゆかりもない人間が移住する、っていうのはかなりめずらしいみたいで。最初は、つっぱって、「いや、関係ないっしょ」みたいな感じだったんですけど。

――そこでも、なじめない感じがあったんですね。

**加賀谷**　そのとき、もう一回、自分にとっての「ふるさと」ってなんだろうなあ、って思ったときに、この犀星の詩に出会ったわけなんですよ。ああ、これだ！　まさに、そうだな、結局、東京なのかな、って。龜鳴屋《かめなくや》さんの『馬込の家』っていう本を、らせん堂さんといとてもお世話になってる、青森の古本屋でたまたま見つけて。「青森でお店やりたいんです」って相談していて、ちょっともう一回、考え直したいです、って言おうとしたときに、たまたまこの本（『馬込の家』）とこの詩に出会って。じゃあ、それなら、馬込でやってみようかな、って。

――なるほど。室生犀星というと、『杏っ子』という自伝的長編小説もあるし、「大森で「あんず文庫」っていったら、犀星?」となりますものね。馬込は犀星宅も馬込文士村もあった場所だし。

## 室生犀星―馬込―大森、たどりついた新たな「場所」

**加賀谷**　そこで、ピタッと焦点が合いました。まさに、この詩もすごく、ぼくは決意の詩だと思っていて。「かへらばや」で、帰りたいって言ってるけど、でも、それはある種の決意の裏返しなのかなあ、って。

――帰りたいけど、帰れない。まさに「ふるさと」との訣別、自分は東京でがんばるんだ、という決意の詩ですよね。犀星もかなり不遇な子ども時代でしたし。

**加賀谷**　沁みますよね。体にたくさんの傷をのこした人が実感でうたってる感じがあって。決して、雰囲気とかでうたってるのではなく、すごく実体験が反映されている詩だなあ、って。でも、ぼく、それまで大森とか城南エリア（馬込周辺）ってまったく縁がなかったんですよ。高校のときは中央線のお店に行ってましたし、大学時代に古本屋でバイトしていたのもあって、いちばん思い出があるのは神保町なんですけど。だから、ぼくも「大森」って決めたときに、すごく決意をしました（笑）。

大森に「あんず文庫」開店！

――二〇一九年の九月に開店してるんですよね。

**加賀谷**　そうです。開店してから大森周辺のかたにとてもお世話になってて。地元のかたがたがすごく来てくださってるんですよ。それで遠方から来てくださったかたたちにも、「ここ、めっちゃいいところですよ」とか、ぼくが逆に言うようになっちゃってて（笑）。ぜったいに、ここで頑張ろう、っていうのは、開店した頃にすごく思っていました。

――自然と、犀星好きのかたがたが集まってきそうでもあります。

**加賀谷**　犀星に関してはもっともっと著作を揃えたいですし、「あんず文庫」を名乗るくらいならそれくらいやらなきゃって（笑）。『杏っ子』、本当に傑作なんですよ……。あと、まだまだぼくも勉強中ですけど、死ぬまでには犀星の全作品は読みたいです。

――ふと、この詩を思い出す瞬間などありますか。

**加賀谷**　それはもう毎日、毎晩、思い出してますよね。ずっと心にある。ぼくのなかでは、こう、迷ったときの旗印のような。この店を支えてるのは、間違いなく犀星のこの詩なのかなって。「小景異情」でありこの本ですね。

――この詩は、加賀谷さんにとって、どんな存在でしょう。

**加賀谷**　肩をもってこう、自分を揺さぶってくれる詩ですね。励まし、というか。人生っていいことよりも、悪いことの方が多かったりする。イヤな思い出や場所が、トラウマになっていたりとか。そういう、過去に対して重たい気持ちを持っている人ほど、この詩って、響くんじゃないかなって思います。思いの強さってそれぞれの人で違うんですけど、みんなその人なりのしんどさを持っていて、でも、自分なりの明日を迎えよう、やっていこう、って思わせてくれる。ぼくには、「うらぶれて異土の乞食となるとても」がとても響きます。たとえ、おちぶれて、ひどい状況になったとしても、自分の決めた道だし、どんなにきつかったとしても、過去のあの場所には戻りたくない。うらぶれ上等じゃ、って感じですよね。

――この先、このお店をどうしていきたいかとかはありますか。

**加賀谷**　なんていうのかな、変な話ですけど、お店らしくありたくないというか……来てくださるかたの居場所、よりどころみたいになってくれたら、嬉しいなって思います。あとは、やっぱり、ぼくはこの城南の「大森」っていう場所でお店をやっていて、ここで、ほかの仕事をしている人たちと繋がりたいなあ、と。たとえば、「昔日の客」（大森にあった山王書房の店主関口良雄氏の著作『昔日の客』にちなみ、ご家族が営まれているカフェ）の関口さんにすごくお世話になってますし、大森山王ビールを作っておられるかたともよくお話しますし、そういう地元のかたがたとの繋がりを強くしていって、地域のなかの、一スポットというか、ひとつの「居場所」になれたらいいなって思いますね。

加賀谷 敦（かがや あつし）
一九九三年生。あんず文庫店主。千葉県出身。古本のほかに少しの新本も扱っている。また、コーヒーや洋酒も提供。「うねりが生まれる場所」としてカウンター席を用意している。

あんず文庫
東京都大田区山王2－37－2
パセオ山王101
TEL：03-6451-8292
Twitter→@anzubunko

室生犀星（むろう さいせい）
一八八九～一九六二年。石川県金沢市生まれ。詩人・小説家。北原白秋主宰の文芸雑誌「朱欒《ざんぼあ》」で見出され、抒情詩人として出発。のち小説家としても、その晩年まで精力的に創作活動を展開。詩集に『愛の詩集』『抒情小曲集』『動物詩集』『昨日いらつしつてください』など。

前野久美子

# 混沌とした——でも安らぐ場所

一

そのいきの臭えこと。
くちからむんと蒸れる、
そのせなかがぬれて、はか穴のふちのやうにぬ
　らぬらしてること。
虚無《ニヒル》をおぼえるほどいやらしい、
お丶、憂愁よ。

そのからだの土嚢のやうな
づづぐろいおもさ。かったるさ。

いん気な弾力。
かなしいゴム。

そのこ丶ろのおもひあがってること。
凡庸なこと。

菊面《あばた》。
おほきな陰嚢《ふぐり》。

鼻先があをくなるほどなまぐさい、やつらの群
　衆におされつつ、いつも、
おいらは、反対の方角をおもってゐた。

やつらがむらがる雲のやうに横行し
もみあふ街が、おいらには、
ふるぼけた映画《フイルム》でみる
アラスカのやうに淋しかった。

三

おゝ。やつらは、どいつも、こいつも、まよな
かの街よりくらい、やつらをのせたこの氷
塊が、たちまち、さけびもなくわれ、深潭
のうへをしづかに辷《すべ》りはじめるのを、すこ
しも気づかずにゐた。
みだりがはしい尾をひらいてよちよちと、
やつらは氷上を匍《は》ひまはり、
…………文学などを語りあった。

うらがなしい暮色よ。
凍傷《しもやけ》にたゞれた落日の掛軸よ！
だんだら縞のながい影を曳き、みわたすかぎり
　頭をそろへて、拝礼してゐる奴らの群衆の
　なかで、
侮蔑しきったそぶりで、
たゞひとり、
反対をむいてすましてるやつ。
おいら。
おっとせいのきらひなおっとせい。
だが、やっぱりおっとせいはおっとせいで
たゞ
「むかうむきになってる
おっとせい。」

金子光晴「おっとせい　一　三」（『鮫』）

**前野**　高校生のとき、「くらげの唄」が教科書に載っていたのを読んだのが初めてだったような。同じ頃にランボーを読んで、たしか角川文庫のその訳者として、金子光晴を知ったんです。ランボーって、十七歳くらいで『地獄の季節』を書いたじゃないですか。自分と同年代で、フランスにすごい詩を書く人がいたんだ、わあ、天才！　って、田舎育ちの自分はびっくりしてね（笑）。それで、金子光晴の『落下傘』や「おっとせい」（『鮫』）など戦争にまつわるものを読んで、抵抗詩として強烈なものを書く人だなあと。あと、金子光晴は家に対しての違和感を持っていて、居心地の悪さというか、自分の家が安らぐ場所じゃなかった、ってところがすごくあるな、と思ったんですよね。だから、魂や生き方、居場所といったものは、自分で探すしかない。自分もまさにそうだったから、その方法を自分が探すうえで、金子光晴や、太宰治などの文学を欲していたのかなと思います。ロックスターを好きになったりするのと同じように、詩人を好きになった感じ。たいてい好きになる人は、自伝や年譜を読むと、家がぐちゃぐちゃしてて、家に居られない、っていう人（笑）。

――金子光晴は、海外放浪で有名ですが、若くして、複雑な家庭環境におかれてましたものね。大金持ちの家に養子に出されたりして。
**前野**　大手ゼネコンの清水組のお偉いさんの家ですものね。二十代頃に、その家の養父が亡くなって、いまでいう、三億くらいの遺産を相続して。それを使い果たして、無一文になる。豪快！（笑）

「なにかになんてなってやるもんか」

――前野さんご自身も、高校の頃、自分ってなんなんだろう、これからどうしていこう、など考えておられたのでしょうか。
**前野**　将来をイメージする、っていうよりは、いまここの場所、家から逃げるにはどうしたらいいかってことしか考えてなかった。なにかになりたい、と言うよりかは、なにかになんてなってやるもんか、って思ってた。どんな仕事につきたいかなんて、考えたくもない。一生放浪するのが夢でした。
――型にはまったものや、思想、生きかたを拒否する感じですね。金子光晴でいうとまさに、詩「反対」のような（笑）。
**前野**　若かったし、自分がいっぱしの、なにか傷ついてるような気持ちになってたんですよね。だから、金子光晴の持ってる絶望感、そしてそれを言語化している、とんでもないエネルギーにふれて、こんなパワーのある言葉なり、存在があるってことにびっくりしちゃって。自分のくるしさや、イライラしていること、得体の知れないなにか、その正体がどうにもわからないものを、金子光晴は圧倒的な言葉で提示してくれる。その対象化、ものごとをはっきり見させてくれる感じが、こう、読んでいて、すごく爽快で快感だったんですよ。

「おっとせい」について

——とくに、どの詩に惹かれたなどありましたか。

**前野**　「反対」「さびしさの歌」「おっとせい」「もう一篇の詩」とか、みんな好きなんだけど、「灯台」「ニッパ椰子の唄」も同格！　同列。『女たちへのエレジー』の、あの、おしっこの詩、「洗面器」とかも。『どくろ杯』や『マレー蘭印紀行』のような紀行文も貪るように読みました。ただ、「おっとせい」は、金子光晴の詩のエッセンス、魅力がほとんど入ってるんじゃないかなあ、って思います。

——金子光晴らしい詩ですよね。

前野　金子光晴って、「糞尿」とか「蚤・シラミ」とか、詩の言葉として、あまり選ばないような言葉をよく使うでしょう。「おっとせい」にも、「菊面《あばた》」「陰嚢《ふぐり》」とか出てきますよね。人間を誠実に正直に見たときに、生きる、ってことはそんなに高尚なことでも、綺麗ごとでもない。でも、だからダメとはけっして言わない。

――あまり、綺麗とはいえないような生の風景を映しだして、力強く匂い立つようなところがあります。

前野　人間などは一皮剝けば同じだと思っている。上っ面の権威を嫌い、人を国や地位などの属性で線引きしないコスモポリタンの思想を感じます。「おっとせい」も、世間の皮をぺりっと剝がして見せてくれるけれど、世のなかを糾弾したり、変えようということではなく、日本人の嫌なところとか、自分のなかにある属性に対峙する姿勢があって、だからこそ響く。そこすらも愛情で肯定していくような。無理にとりつくろったり、高尚ぶって、なにか道徳的なことを言うのではなく、汚い、見たくない部分を見たとしても、そこだってだいじじゃないか。むしろ、ネガティヴな部分こそ、自分を自分たらしめてるんじゃないかって教えてくれる。よくありたい、と思っちゃうじゃないですか。いつも善人でいられるわけもないのに。でも、それでいいんだよ、と肯定するまなざしがあるんです。

——十代の頃、家庭に居場所がないという感じがあったんでしょうか。

**前野**　居場所かあ。生まれは、福島県郡山市のど田舎なんですけど、家は、父親が建設業の二代目でちょうど高度経済成長のときと重なって荒稼ぎしていた、いわゆる成金で、その一帯では、一種の「権力」みたいな感じでした。家庭内での父は、ものすごいマッチョで、母親にも子どもにもすぐ手をあげるし、前近代の考えかたで、金子光晴がイヤだ、って言う存在そのものなわけ。まったく理屈が通じない。わたしが本を読んだり、反抗したりすることをものすごく嫌ってて、本をまとめて焼かれちゃったりしてね。女がものを考えるな、っていう考えかたなのよ。それで、母は家から一歩も外に出ないような感じで。

——それはそうとうに強烈な……。反発心のマグマがグツグツ煮えそうです（笑）。

**前野**　ね（笑）。他にもいろいろとあったんだけど、そういうのが本当に耐えられなかった。わたしが鉄砲玉みたいになったのは、父親のあまりにも強い壁、抑圧があったからだろうと思うし、おかげで、その反動がとんでもないことになった（笑）。やっぱり、太宰もそうだけど、坂口安吾とか、なににもよらないみたいな考えの作家が好きなんですよねえ。

まずは「仙台」へ

――高校を出て、仙台の調理師学校に通われていたとか。

前野　いちばん最初に家から抜け出したのが、高校を出て、専門学校に通ったときですね。家を早く出たい、ってそれしか頭になかった。でも、初めは、大学に行きたいって言ったんですよ、ダメって言われたのを泣いてお願いして。でも、大学に行きたいって言ったのは、模試でも言ってなかったんですけど。東京で試験だけは受けさせてもらった。でも、楽しくて遊び歩いて、体調不良で入試をうけたら、まあ見事に落ちて(笑)。浪人なんて許してもらえないし、春休みにこれからどうしたらいいかなあ、と思っていたら、父親がどうせ女は嫁に行くだけだから、花嫁修行になるし、調理師学校なら行ってもいいと言ったんです。調べたら、仙台にあったのですぐさま願書を出して、もう三日後くらいには仙台に来てた。トラックに荷物を載せて、父と母と三人で初めて来てね。さみしくて泣いているお母さんの横でしおらしい顔しながら、こっそり「やったーー！」って。あれは嬉しかったなあ。

――脱出成功！　みたいな(笑)。解放感が目に浮かぶようです。

前野　調理師学校に行って、でも、やっぱり金子光晴のDNA入っちゃったから、世界を放浪しようと思ってたの。それで、どうやったら外国に行けるかなって考えてた。それが一九八七年か八年くらいかな。ただ、専門学校の冬休みに青森の津軽に行って、太宰治の生家が当時、斜陽館という旅館になっていて、そこに泊まったら、働きたくなって。頼み込んで、春には働いてました。親には「高級旅館に就職した」って言ってね（笑）。でも、太宰を商売に利用している現実を知って、じんましんが全身にばーっと出てきたりして、一年で辞めて。そのあと、雑誌でみかけた東京・六本木の小さな京料理店に就職したんです。バブル絶頂の時期だったから、待遇もすごく良くてね、防衛庁の裏にあったお店で、いきなり家賃二十万円の赤坂九丁目のマンションに住まわせてもらったり（笑）。おかみさんも良くしてくれて。でも、ある日、新聞でドイツの日本食レストランの調理師募集の求人を見つけて、すぐ面接に行きました。先方は女性のシェフとは思ってなかったみたいなんだけど、「これからは女の人でもいいか」ってなって、採用が決まったんですよ。

### 憧れの海外へ・金子光晴全開！

前野　おかみさんに話したら、だいぶ怒らせちゃったけど。とにかく自分のなかでは決めてたんで。一九九〇年、九月にはドイツ・フランクフルトに渡りました。ついに憧れの海外！　もう金子光晴全開！　ですよ〜。

——あっぱれというくらいの行動力です(笑)。もう、金子光晴ばりの大胆な。

**前野**　職場のレストランは日本企業の現地法人だったので、労働条件がドイツ人と同じですごく良くて。週休三日くらいで一日、七時間働く。有給が年に二十二日あって、週休三日と合わせると一ヶ月くらいの休みが年に二回とれる。だから、そのあいだに海外に行けるだけ行こうって、ほんとにいろんな国に行きました。オランダ・アムステルダム、スペイン、モロッコ……もう、やりたい放題(笑)。そうとう、危ないこともしてたけど、命の危険を感じるようなことはなかったですね。

——当時、空き時間を利用して、そうとうカフェに足を運ばれたそうですが。

**前野**　長いこと、読んでいる本のこととか、共有できる人がいなかったんだけど、ドイツに行ったときに、ブックカフェがたくさんあって。居心地がすごくよかったんですよね。出勤前や休憩時間に、一日に二、三回、行ってましたね。ひたすらそこで本を読んだり、手紙を書いたりして過ごす。日本では焦って、グルグルしてたのが、ドイツに行って、初めてゆっくり過ごすことができたというか。二年ほどですが、いい経験でした。

——その後、紆余曲折をへて、ご結婚もなさり、ご祝儀を集めて、パートナーの健さんとまた海外放浪に出られたそうですね。

**前野**　とにかく、旅に出たかったから、ご祝儀ほしさに結婚しました（笑）。パリから、ヨルダン、シリア、レバノン、またシリアに行ってトルコ、ギリシャ、ブルガリア、ルーマニア、ハンガリー、オーストリア、チェコ、ドイツ、ロンドンをまわったのかな。最初は古代遺跡巡りが目的だったんだけど、なんか人間のほうが面白くなっちゃって。途中からは、現地の人との交流と街歩きばかりしていましたね。その旅のあいだも、カフェを見つけてはお茶を飲むのが楽しみで、ハンガリーあたりからは、もうブックカフェ探しがメインになってきて。それで、プラハで「globe」っていう、本当に素敵なブックカフェに出会って。滞在中ものすごく通ってた（笑）。

### 「book cafe 火星の庭」オープン！

――帰国して、三年後の二〇〇〇年に「book cafe 火星の庭」を開店されたんですね。

**前野**　それも、やってみよう！　って思いつきですよ（笑）。ずっとお世話になってた、前職の出版社の社長だった加藤哲夫さんと話していたら、「久美ちゃんさ、もういい加減、自分で店やったら？」って言われたのもあって。心配はあったし、続くかはわからないけど、やってみよう！　って。仙台中の物件をみて、ここだ！　っていういまの場所に決めました。

——金子光晴との出会いが、人生・生活などに及ぼした影響はありますか。

前野　火星の庭ができたことですね。それと、お店をはじめてから、もっと詩集を置きたいな、とは思ってますね。なかなか難しいけど、やっぱり売りたいのは、詩や文学なんですよね。わたし自身がけっして文学に出会いやすい環境ではなく、たまたま出会ったので。わたしのように家の理解がない、出会いにくい境遇だとしても、詩を読んだり、文学に出会っていたら、なにか役に立ったり、助かる人がいるんじゃないかと思うんですよね。お店でそういう出会いがあるといいなって。

——金子光晴は前野さんにとって、どのような存在でしょうか。

前野　いまの生活は、日々慌ただしく過ぎてって、長い旅とか難しいじゃないですか。でも、頭のなかだけでは旅に出られるので、自転車に乗ってるときとか、こう自分を遠くに飛ばしたいときに、金子光晴の詩や紀行文の一節を思い出します。ニッパ椰子のある東南アジアの、じめじめ・グズグズとしたあの感じ、人がほんとに獣みたいにうごめいて生きているあのパワーみたいなのを思い出して。つい、一日一日をキッチキッチとなるべく効率よく生きようとするのを止めて、あの混沌とした感じの、でも安らぐみたいな場所へ、頭を飛ばすと、また「正常」になって帰ってくる。やっぱり現代の生活って「異常」なんですよ。人は生き物だから体は四季に応じてしんどくなったり、楽になったりを繰り返してるのに、現代人の生活って、そんなことまるでないみたいに、時間と場所に管理されて生きていることがね。でも、いったん東南アジアの情景に頭を飛ばすと、そちらが「自然」で、いまがおかしい、って思えて、すごく楽になる(笑)。やっぱりそれは、金子光晴の世界でしか感じられない。遠くへ意識を飛ばして、自分をくるしめているなにかから、解放してくれる力があるんですよね。

前野久美子(まえのくみこ)
一九六九年、福島県郡山市生まれ。海外を放浪していたときに出会ったブックカフェをモデルに、仙台市でカフェのある古本屋、book cafe 火星の庭を二〇〇〇年にオープン。店内外で作家のトーク、ライブなどイベントも多数開催している。編著『ブックカフェのある街』(仙台文庫・二〇一一年)。
http://www.kaseinoniwa.com

金子光晴(かねこみつはる)
一八九五〜一九七五年。愛知県海東郡越路村生まれ。詩人。十代より、老荘思想や文学に傾倒。小説や絵を創作し、二十歳頃に詩作開始。現実批判の目を常に持ち、戦争への抵抗詩なども多く発表。世界各国を放浪し、魅力的な紀行文ものこしている。詩集に『落下傘』『鮫』『女たちへのエレジー』『若葉のうた』など。

# 出光良
## 人生の一部、自分の体の一部

中学一年生は誰でも手帳を持つてゐる
明るい一日を書きとめるために
今日　小鳥屋で鸚鵡が僕の悪口をいひましたと
中学一年生は誰でも手帳を持つてゐる
明るい未来を書きとめるために
もうぢき冬がさよならし町にも春が来るでせうと

曲りくねつた一行をいつか汚くゴムが消す
もう僕たちは誰も手帳を持つてゐない

立原道造「中学一年生は誰でも」(『立原道造全集II』)

## 立原道造との出会い

**出光**　小学校四年生頃に、母方の親族旅行で戸隠へ行って、みなで宿坊に泊まったんです。そのとき土産物屋で『戸隠譚』っていう新書版の戸隠の案内書を売ってたの。それを買って読んでたら、そのなかに津村信夫の「戸隠姫」っていう詩があって、いいなあと思った。そのあと、津村信夫が登場する室生犀星『わが愛する詩人の伝記』を読んでいたら、津村の章の前に立原道造の章があって、なぜか知らないけど、室生犀星がそこだけ、すごく熱かったんだよね。この伝記を書いていると、あのときの日々が甦ってくる、とか。取り上げかたが尋常じゃなかった（笑）。その熱に感激しちゃって。面白いぞ立原道造、とすごく印象にのこりました。道造にもっと集中していったのは、中学一年生頃かな。

――犀星は立原道造のこと大好きですものね（笑）。犀星の軽井沢の別荘にも道造はひんぱんに行ってましたし。中学生の頃に、なにかきっかけがあったのですか。

**出光**　本駒込図書館が、中学一年生のときにできたんですよ。行ってみよう！　って行ったら、津村信夫の全集三巻本があって。日曜日に行くたびに、自転車の荷台にくくりつけて、帰ってきたっていう、それが始まりかな。そうしたら、犀星の伝記で知った、立原道造の全集も本駒込図書館にあった。それは全六巻本。またしても、自転車の荷台にくくりつけて帰った（笑）。どちらの全集も角川書店から出てまもない本（立原道造一九七一～七三年、津村信夫一九七四年）でした。

――中学生で詩人の全集を借りるって、そうとうな本気度ですね（笑）。その頃から津村信夫や立原道造など、いわゆる「抒情詩」に惹かれるところがあったのでしょうか。

**出光**　詩そのものっていうよりかは、詩や詩人の醸し出す、雰囲気だよね。津村信夫を好きになったのも「田舎のふるさと」とか「高原の詩人」っていう、なつかしい雰囲気からだし。炉端で話を一緒に聞いている、みたいな。道造には、「高原の雰囲気」と、あと、とらえどころのない、なにを言ってるんだろう、というのが、ちょっとよくわからないけど、全然ぎすぎすしていない、甘く、やわらかい雰囲気があって、そこに、とても惹かれました。ただ道造は、後期のほうになればなるほど、響きとか構成とか、吟味されていく。作り込まれていくんですよね。

中学生で読んだ、「中学一年生は誰でも」

――立原道造のなかで、印象的な一篇など、ありますか。

**出光**　ソネットみたいな形になる前、初期のあたりが好きです。『日曜日』、『散歩詩集』、あのへんの手作り詩集とか。詩としては、「中学一年生は誰でも」。全集には収録されてるんだけど、全集のⅡ。手帳をもっている、まっしろな手帳、未来、これから書き込むために、みたいな。さいしょに全集を読んだときに、まさに自分も中学生だったので、それに惹かれた部分もあったのかも。自分に重ねて、ああ、これから新しい未来があるんだなあ、と思って。

――人生のなかで、ふとその詩を思い出す瞬間ってありましたか。

**出光**　手帳をみるたびに、思い出すよね。毎年、新しい手帳を買ってひらくたびに。いやあ、でも、いまは、よごれちまったな、って、中原中也じゃないけど(笑)。あの日の中学生だった自分の、ああいう気持ちじゃなきゃいけないよなって。ときめきっていうか。当時のときめきといまは、どうしても違うもんね。

**中学・高校・大学時代と就職**

――その後の中学・高校時代は、どんなふうに過ごしていましたか。

**出光**　中学では文芸部に入ってて、学校が千駄木だったもんだから、やっぱり、周りにいろいろあるでしょう、森鷗外の旧居跡地(現・記念館)だとか、高村光太郎の旧居跡とか。

それで、文化祭の発表で「文学地図」を作って、詩人ゆかりの地を写真にとって、解説載せたりとか、そういうことをしてました。読みながら、好きだなあ、と思いながら、過ごしてたんだけど。高校では合唱部に入ったものだから、あまり本を読まなくて、クラブ活動に集中していた。いま思い返してみると、そのとき、堀口大學とか八木重吉とか、そういう詩人の詩を歌ってるんだよね。

――立原道造の詩にも、けっこう曲がついて歌われていますよね。合唱で歌ったりもしましたか。

**出光**　そのときは歌ってなかったんだけど、大学生になってから、道造の「夢みたものは」の曲は知ったのかな。有名な作曲家の、木下牧子さんが曲をつけていて、全国の合唱やっていた高校生なら、知らない人はいないくらい。詩もいいけど、曲もいい。自分が合唱やってたのもあって、曲がついているのは、よく覚えているんですよ。

――合唱はそのあとも、続けておられたんでしょうか。

**出光**　歌、合唱は好きでしたが、将来どうするかについては、小さい頃から好きだった考古学の道しか考えられなかったので、なんとか明治大学の夜間（考古学専攻）に入学しました。それで、夜は大学、昼は発掘のアルバイトに明け暮れて。当時はバイト代が結構高くて、なかなか良い収入にもなってね（笑）。ほとんど本代に消えたけど。卒業後は、本が好きだったのもあって、図書館関係の仕事につきました。翌年結婚して、子どもたちも生まれたので、それからは仕事と子育てと生活にあくせくしながら過ごしました。

## 立原道造記念館でのひととき

――立原道造にぐっと近づいた瞬間は、いつだったのでしょうか。

**出光**　ほんとにほんとに好きになったのは、立原道造の記念館だよね。記念館ができたのは一九九七年なんだけど、全然そのときは存在を知らなくて、二〇〇〇年になにかのタイミングで知って。道造の記念館があるなら行こう、って、道造の会の会員になった。仕事でなく、本の世界に没頭できるようになったのも、ちょうどこの頃だったんですけど。それから、けっこう通いました。年に四回、展示が変わるんですが、展示が変わるたびに行って、年度末の風信子忌《ヒアシンスき》（命日にちなんだ道造をしのぶ会）にも行って。そのうちに「展示会、手伝ってみない？」って言われてスタッフ的に関わるようにもなって。絵や原稿をみていくうちに、どんどん好きになっちゃった。

――ああ、生の原稿であったり、絵とか手作り詩集とか、道造の作品はほんとうに繊細でやさしく、美しいですよね、まさに芸術品だと感じます。

**出光**　記念館へ行きはじめたのが、二〇〇〇年からだから、四年目。館がオープンしてから、けっこう経ってたんだよね。それで、閉館が、二〇一二年。二〇一〇年の九月が最終展示。そのあとどうするかがなかなか決まらずに、翌年の二月に閉館。建物は売却。でも、よくやったよなあ、十四年も。

――では、十二年ものあいだ、足しげく通っておられたんですね。それは出光さんの人生のなかでは、どういう時期だったのでしょう。

**出光**　ちょうど、一人になったタイミングなんだよね。もろもろのしがらみがとれて、楽にはなった部分もあったんだけど、三人の子どもの子育てがまだまだあった。小学生から中学生の三人。でも、放任的なところもあったし、逆に自由になる時間がふえたんです。こう、好きなように動けるようになった。

――なるほど。それもあって、心身のゆとりが生まれたんですね。

**出光**　なんだかんだいって、三人もいるといろいろむずかしい。共働きだったし。でも、まあおかげで、ほったらかしにした子どもたちは、それぞれ、しっかり育ってくれて、親は楽させてもらったね。非行の道にも走ることなく。それぞれ、みんな就職もしてくれたし。

――一人で子育てをされながら、道造記念館で羽を休めていた感じでしょうか。

**出光**　立原道造記念館に行っていた時期は、そういう意味では、いい逃げ場だったのかも。

――お子さまたちは、出光さんの道造趣味のことは知ってるのでしょうか。

**出光**　知ってる。もう年がら年中、記念館行ってたから。「記念館行ってくるよ」って出かけてたし。連れて行くでもなく（笑）。興味もないだろうし。

――お父さんも好きなことやってるし、自分も好きなことやろう、ってふうに思ったかもしれませんね。

**出光**　それはあるかもね（笑）。

追っかけ歴、四十年

――立原道造は、出光さんにとって、どういう存在ですか。

**出光** 人生の一部、自分の体の一部、になっちゃってるんだよね。切っても切り離せない。中学生からと思うと、四十年以上だから。道造の人生の長さ以上に、追っかけてるんだよね（笑）。人生の大半。だから、超追っかけではあるよね。

――道造の存在や、生きかたとか詩とか、ご自身に影響を与えたところはありますか。

**出光** なんだろうなあ、道造の詩って、くらい感じ、さびしい感じってあるでしょう。そのなかにも、ひとつの希望を見る、ところがあって。自分の死ぬ直前まで、それはしっかりとあって、やっぱり、そういうふうに、道造、二十四歳で亡くなっちゃったけど、さいごまでそういう望みは持ちつづけてないといけないよな、ていうふうには思う。

――たとえ絶望の淵に居たとしても、あかるい希望を失わない感じはありますね。

**出光** そう、さいご亡くなる直前、死の床で「五月のそよかぜをゼリーにして持ってきてください」なんて、なかなか言えないもの。すごいよね。

出光良（いでみつりょう）
一九五九年東京生まれ、日暮里育ち。戸隠で津村信夫を知り、室生犀星、立原道造へたどり着く。本から離れられずずっと図書館関係の仕事に従事。詩の読書会「ポエトリーカフェ」に参加するようになり、たくさんの詩人を知る。近代詩復興委員会・風信子支部長。未だに「五月の風」を感じるゼリーには会えていない。

立原道造（たちはら みちぞう）
一九一四〜一九三九年。東京府東京市日本橋区生まれ。詩人・建築家。幼少期より文学に傾倒、十代より、短歌・絵・詩など創作、多様な才能を発揮。手作り詩集も多く手がけた。第一高等学校在学中より、詩誌「四季」などで若き抒情詩人として活躍。東京帝大建築学科卒。詩集に『萱草に寄す』『暁と夕の詩』『優しき歌』など。

# 能町みね子

## なにもないから白くて昼です

元気ですか。元気でないなら私のまねをしてゐなくなつて欲しいやうな気がする。だが、お前達は元気でゐるのだらう。元気ならお前たちはひとりで大きくなるのだ。私のゐるゐないは、どんなに私の頬の両側にお前達の頬ぺたをくつつけてゐたつて同じことなのだ。お前達の一人々々があつて私があることにしかならないのだ。

泉ちやんは女の大人になるだらうし、猟坊は男の大人になるのだ。それは、お前達にとつてかなり面白い試みにちがひない。それだけでよいのだ。私はお前達二人が姉弟だなどといふことを教えてゐるのではない。——先頭に、お祖父さんが歩いてゐる。と、それから一二年ほど後を、お祖母さんが歩いてゐる。それから二十幾年の後を父が、その後二三年のところを母が、それから二十幾年のところを私が、その後二十幾年のところを泉ちやんが、それから三年後を猟坊がといふ風に歩いてゐる。これは縦だ。お互の距離がずいぶん遠い。とても手などを握り合つては事実歩けはしないのだ。お前達と私とは話さへ通じないわけのものでなければならないのに、親が子の犠牲になるとか子が親のそれになるとかは何時から始つたことなのか、これは明らかに錯誤だ。幾つかの無責任な仮説がかさなりあつて出来た悲劇だ。
——考へてもみるがよい。時間といふものを「日」一つの単位にして考へてみれば、次のやうなことも言い得やうではないか。それは、「日」といふものには少しも経過がない——と。例へば、二三日前まで咲いてゐなかつた庭の椿が今日咲いた——といふことは、「時間」が映画に於けるフヰルムの如くに「日」であるところのスクリンに映写されてゐるのだといふことなのだ。雨も風も、無数の春夏秋冬も、太陽も戦争も、飛行船も、ただわれわれの一人々々がそれぞれ眼の前に一枚のスクリンを持つてゐるが如くに「日」があるのだ。そして、時間が映されてゐるのだ。と。——

又、さきに泉ちやんは女の大人猟坊は男の大人になると私は言つた。が、泉ちやんが男の大人に、猟坊が女の大人にといふやうに自分でなりたければなれるやうになるかも知れない。そんなことがあるやうになれば私はどんなにうれしいかわからない。「親」といふものが、女の児を生んだのが男になつたり男が女になつてしまつたりすることはたしかに面白い。親子の関係がかうした風にだんだんなくなることはよいことだ。夫婦関係、恋愛、亦々同じ。そのいづれもが腐縁の飾称みたいなもの、相手がいやになつたら注射一本かなんかで相手と同性になればそれまでのこと、お前達は自由に女にも男にもなれるのだ。

尾形亀之助「泉ちやんと猟坊へ」（『障子のある家』後記）

### 尾形亀之助との出会い

**能町**　大学の授業です。先生はエリス俊子さんというかたで、近代詩や現代詩を扱った授業のなかで尾形亀之助を知りました。亀之助を重点的に取り上げたわけではなくて、ダダイストの高橋新吉とか、北園克衛《きたぞのかつえ》とか、安西冬衛《あんざいふゆえ》とか、そういった流れで出てきたんです。授業でどう扱っていたかは覚えていないんですけど、なんだか気に入って、思潮社の詩集（『現代詩文庫1005尾形亀之助詩集』）を買ったんですよ。一九九七、八年あたりかな。パラパラと、たまに読むのが楽しかったです。

――それが初めて買われた詩集でしょうか。

**能町**　詩集は、うん、買ってないかもしれないですね、ほかには。

### 「泉ちゃんと猟坊へ」を読んで

――能町さんのエッセイ「明るい部屋にて」（尾形亀之助詩集『美しい街』〔夏葉社〕収録）のなかにも書かれていましたが、二十二歳のとき、会社を辞め、神楽坂に住まわれていたとか。

**能町**　大学卒業後、すぐにある会社に就職して、勤めていたんですけど、一年ももたず、十一ヶ月で辞めて。神楽坂の風呂ナシのアパートに住んだんですよね。そのときに、改めてしっかり亀之助を読んだのかな。それまでもチョコチョコ読んではいたけど、当初、詩集の後半の『障子のある家』とか散文詩のほうは、あまりピンとこなかったので流し読み程度で。ちゃんと読んでみたら、娘と息子への手紙のところ（「泉ちゃんと猟坊へ」）で、これは、とんでもないな、と。こんなことを昭和一ケタ時代に書くのは……。亀之助は一九〇〇年生まれだから、昭和初期、戦前くらいですよね。それを読んで、この人はものすごいな、と思いました。『美しい街』の本には、最初の構成案では、たしかこの「泉ちゃんと猟坊へ」は入っていなかったんです。編集者のかたに参考意見を聞かせてほしいと言われて、自分の好きな詩はこれとこれとか、いろいろお伝えしているなかで、これだけは入れてほしい、と注文したんです。

——仕事柄、戦前の古い詩などをけっこう読んでいますが、「お前達は自由に男と女にもなれるのだ」と子らに伝えるような詩を書いたのは、亀之助だけだと思います。

### 腐縁の飾称

**能町**　そうでしょうねえ。それとわたし、この文章のなかの「腐縁《くされえん》の飾称《しょくしょう》」って言葉がすごく好きなんです。「親子の関係（…）夫婦関係、恋愛、（…）そのいづれもが腐縁の飾称みたいなもの」って。「飾称」という謎の言葉が書かれている（笑）。調べてみたら、「飾称」

なんてぜんぜん辞書に載っていない言葉なんですよ。「しょくしょう」って読むのが正しいのかどうかもわからない。たぶん、自分で作った言葉だと思うんですけど。「腐縁の飾称」って言葉が好きすぎて、『結婚の奴』のタイトルを考えていたときに、『腐縁の飾称』を使おうかという案もあったくらいです。さすがにわかりづらすぎるのでやめたんですけれども。

――ああ、そうなんですか。『結婚の奴』のほうがきっと良かったですけど（笑）。いい言葉ですよね、血縁や性別、そんなものは些末な縛りだぞ、という感じで。

**能町**　当時、こんなことを考え、表明するのって、そうとう、勇気のあることだと思うんですよね。まあ、それでいて、本人はすごい浮気性だったり、私生活はひどいんですけど（笑）。でも、そんな俗っぽいところもあり、私生活がうまくいかなくて投げやりになっているところもあり、人間っぽい部分が多く見えるのも好きです。最終的には投げやりな気分のほうが、人生で優先されちゃったみたいですけど。

――さいごの詩集『障子のある家』の頃はもう、虚無と無為が極まって「なにもしないをする」を書いているところとかも面白いな、と。

能町　そう、なにもしないんですよね。それと、「明るい部屋にて」にもちょっと書きましたけど、「間違って撮った写真」のような詩ばっかりだと思うんです（笑）。なんにもないところをうっかり撮っちゃった写真、みたいなことを詩でやっている、ような感じ。

亀之助の詩・文章について

――生活やお仕事をされているなかで影響を受けているな、と思うことなどありますか。

能町　亀之助って、振り切れていて、雑味がとにかくないというか、フラットすぎる表現なんですよね。詩なのに、感情の重みが一切乗っていない。ただ風景を写しとっている、みたいな。感情を書いていても、嘘みたいに思えてくるんですよね。

――ああ、「松林の中には魚の骨が落ちてゐる／（私はそれを三度も見たことがある）」とか、ええと、なにを言っているんだろう？　と、なります（笑）。

能町　そうそう。「若いふたりもの」という詩も、「私達は／二人が／夫婦であることをたまらないほどうれしく思つてゐる」なんて、ストレートすぎて嘘じゃないかって思っちゃう（笑）。よくこれを詩として成り立たせてるな、と。同じようなことをずっと言ってるんですよね。「妻は私が大切で／私は妻が大切で／二人は／いつもいつまでも仲が良い」とか、「私はいつもへたな画をかくが／私も妻も／近い中《うち》に良い画がかけると思つてゐる／私達の仕事は楽しい」とか。一切ひねりのないまっすぐな表現すぎて、逆に邪推しちゃう。当たり前のことを、当たり前の言い方で言うから、逆に感情が一切乗ってないように感じて、わたしはそこがすごく好きなんですよね。実際にこう思っていて、嘘ではないのかもしれないですけど。

――二十代前半に結婚して、新婚の頃に書かれた詩ですし、きっと本当に思っていると思います。自分で刊行した詩集には、この詩は入れてませんけれど。

**能町**　さいごの「私達二人は／良い父と／良い母とになる」なんて一節は、もうひねりがなさすぎて、拍子抜けしますよね（笑）。詩ってもっとふつう、暗喩を使うなり、一読してわかりづらいイメージがあるのに、こんな言葉を覚えた小学生が書いたみたいな文が放り出されると、逆にすごく生々しい感じがします。生々しすぎて、嘘っぽく見えてくる。それをわたしが真似できるかといえば、できないんですけれど。こういう空気感が出せたらいいな、とは思ったりしますねえ。

――じつは能町さんの文章を読んで、わたしは、少し響きあうものを感じていました。

たとえ、心のなかでは激動の感情があったとしても、淡々と端正に書かれていて。そこが亀之助の一種、無感情や嘘にさえみえる、淡々とした表現と、近しいような。

**能町**　ああ、そうですか。じゃあ、多少は影響があるのかもしれませんね。

「白い昼」のイメージ

**能町**　あと、「お昼っぽいところ」が好きですね。こういうあまり明るくないタイプの人って、どっちかっていうと夜が似合いそうなものなのに、逆に「昼のなんにもない感じ」が似合うのがすごくめずらしい。昼なんだけど……昼で明るいはずなのに、まったくなんにもないっていう感じ。白っぽい……「白い昼」、みたいなイメージがすごく強いんですよね、亀之助の詩は。「暗いんです」っていうよりも、「なにもないから白くて昼です」っていう感じ。私は、そこが他の人にはないものだと思ってて。

――昼の詩、すさまじく多いですよね（笑）。「まひるの墓をほる男のあくびだ」「昼のまちはおおきすぎる」「ある昼のはなし」「ちんたいした昼のへや」とか……。

**能町**　昼のイメージの作品が多いですよね。なにもない時間を過ごすというのが、大人になるとあまりできなくなりますけど、子どもの頃って、暇なとき、ただ寝そべって寝るでもなく、お昼にずっと天井を眺めていたりとか、窓の外をぼーっと見ていたりとか、そういう時間がけっこうあったと思うんです。その感じを亀之助の詩からは受けます。そう、ずっと前に住んでた、あの神楽坂の風呂ナシの部屋はほんとにそれが似合う部屋で、明るくて、亀之助の部屋っぽいなって思ってました。

――こう、昼に明るい部屋に寝転がって、ずっと同じ恰好でいる、みたいな空気感がありますね。明るいけど「虚無」というか。

**能町**　明るいけど楽しくない、というか。でも、つまらなくもないし、落ち込んでもいない。ただ、明るいだけ、陽が照っているだけ。この感じってあんまりほかにはないですよね。もう少しかっこつけますよね、ふつうは(笑)。

――亀之助は、安西冬衛や北川冬彦らとも親しかったし、モダニズムの系譜で語られることもありますが、やっぱりポツンと孤立してる感はありますね。安西冬衛の「てふてふが一匹韃靼海峡を～」であるとかも、亀之助の短詩とはやっぱり違いますし。

**能町**　そういう作品は、少し奥行きのある風景が見える。本人の狙いが見えて、多少は意図が想像できるんです。でも、亀之助の、これだけで作品を成立させる度胸、これでいいと思っている根性がかっこいいなと思いますね（笑）。

――読んでいて、「なにが言いたいんだろう」ってずっと考えちゃうんですよね。別になにも言いたくないのか？　とか。

**能町**　「なにも言いたくない」ってことを言いたいのかな。そのおかげでむしろ映像が見えてくるような感じ。独特な送り仮名もありますよね。「夜」に、「夜る」と「る」が付いてたりとか。こういう小さな違和感も好きです。

――亀之助の詩は、能町さんにとってはどういう存在でしょうか。

**能町**　文章を書くうえでは、けっこうよりどころにしてるんじゃないかな、と思います。無意識に意識しているというか。亀之助の詩は、黙読していると、いちばんしっくりくるリズム、文章なんですよね。自分にしみついている。私は「こういう文体で書きたい」って憧れている作家や小説家はそんなにいないと思っていたんですけど、亀之助がそうなのかもしれない。言葉やリズムになんともいえない可愛げがありますよね。ぶっきらぼうだし、ほとんどなにもないことをなにもないものとして書いているのに、語尾とか、全体の部位とかに不思議な可愛げがある。亀之助を読んでいると、急に「○○なのです」と言い出したりする。「だ・である」調で書いていたのに、さいごに急に「です」になったりするんですよね。可愛げを少し載せながら、ときどきぶっきらぼうな部分も出して、ちょっと捉えどころのないまま放り投げる。わたしも、硬めの文章を書いていても、どこかしらにちょっと可愛げのあるところを作りたいなと思いますし、「だ・である」と「です・ます」をそうとう混在させて書くんですけれど、この感じ、リズムはやっぱり影響を受けていると思います。

能町みね子（のうまち みねこ）
一九七九年北海道生まれ。文筆業。著書に『結婚の奴』（平凡社）『雑誌の人格』シリーズ（文化出版局）『お家賃ですけど』（文春文庫）など。

尾形亀之助（おがた かめのすけ）
一九〇〇～一九四二年。宮城県柴田郡大河原町出身。詩人・画家。大河原でも屈指の資産家に生まれる。放蕩をしながら、アナキズム的佇まいで生涯、詩作を続ける。詩集に『色ガラスの街』『雨になる朝』『障子のある家』。

# 辻村深月

## もし人生にテーマ曲が望めるのなら

ある日さみしい少女が　蝶々を採りにいった
誰にも愛されないから　一人ぼっちでいった
なまぬるい五月の午後　蝶々は浮き草の上
足をすべらせた彼女は　一人ぼっちで沼の底

はるか遠く高くで　彼女の最期を
物憂げに見つめていた　レティクルの神様

そしてさみしい少女の　弔いの席上で
共に学んだ娘たちは　インチキの涙流す
話したこともないくせに
さも仲良しだったように

「あの子、いい奴だった」なんて
顔も覚えてないくせに
その時、突然に　奇跡がおこった
ホラ！彼女の屍が　朗朗と唄い出した

ノゾミ・カナエ・タマエ
総て燃えてしまえ
みんな同じになれ
誰もが漂う
小さな　灰に　還れ
一部始終を見ていた　レティクル座の神様
その気高き琥珀の指で　笑う天使を地上へ

笑う天使の放つ矢は　５１００度の炎
弔いの席は火の海　本当に泣き出す娘ら
しかし泣いたところで　天使は許さず
ホラ！彼女の屍が　朗朗と唄っている

ノゾミ・カナエ・タマエ
総て燃えてしまえ
みんな同じになれ
誰もが漂う
灰になるなら
冷めた風に吹かれ
忘れた歌のように
ノゾミ・カナエ・タマエ

遠く高く広い空を
飛べるよ

レティクルの神様
ただ一つのお願いがあります　かなえてください
人も虫も夢も　月も靴も街も
薔薇もエメラルドも
悪い人も　やさしいあの人も
総て燃えてしまえ　みんな同じになれ
ノゾミ・カナエ・タマエ
誰もが漂う
みじめな　灰に　還れ

大槻ケンヂ（筋肉少女帯）「ノゾミ・カナエ・タマエ」（『レティクル座妄想』）

**辻村**　中学生の頃、大槻ケンヂさんの筋肉少女帯がすごく好きになって。曲調も歌詞も、曲自体もものすごく素晴らしいなあ、と。それで、学校の宿題をしたりとか、あと当時も小説を書いていたんですけど、そんなときにずっと流していたんですね。歌詞カードをすごく読み込んで聴いていたとかでもなく、こう漠然と歌詞を聴きながら。それが、ある日とつぜん、「ノゾミ・カナエ・タマエ」の大槻さんの歌声が、歌詞と共に入ってきた瞬間があって。それまでも聴いていたのに捉え直される感じがあったんです。急に入ってきて、「これ、いまじゃん」っていう。なんだか、そのときの自分の状況とかがそのまま投影されている気がする、と思ったんです。

――中学生だった自分の状況と、不意に重なってきたんですね。

**辻村**　中学生とか十代の頃って、すごく自分に対しての万能感があったりとか、小説を書いていたこともそうですけど、いつもなにかに対して閉塞感を感じていてそこから逃げだしたかった。あと、いまだと、あなたが生きているそのままでいいんだよ、っていう風潮があると思うんですけど、わたしが十代のとき青春時代を送っていた一九八〇年代とか九〇年代は、何者かになりなさい、という圧力が強かったと思うんです。そのうえ、中学生のときって共通の趣味をもっている子たちと仲良くできるかっていうと、その子たち同士で自意識をぶつけ合ってしまって、同じものが好きなはずなのに仲良くなれない、とかもあって（笑）。

——ああ、ありましたね（笑）。好きさの物量や知識量とかで、なぜか、マウンティング合戦みたいになっていたりとか。

**辻村**　いま、その子たちと会ったら、きっと好きなところもいっぱいあるし、仲良くできるかもしれないのに、十代のときって相手と自分が違うことや、合わないところばかりに目がいきがちでした。だから仲がいい友だちとも息ぐるしい、っていうのがどこかあったんですね。この歌を聴いてたときに、やっぱり「自分だけが特別で、自分だけが蜘蛛の糸を昇っていける」みたいな気持ちのイメージがあったんです。そうやって死んだあとに「「あの子いい奴だった」なんて　顔も覚えてないくせに」とか、自分のお葬式を俯瞰して見ている感覚が〝わかる〟と思えて……。十代の頃って、みんな一度は心のなかで、自分が死んだらどうなるのかな、って想像したりすると思うんです。そこに、天使が遣わされて、その天使が斎場を火の海にする場面の壮絶さに圧倒されました。

「総て燃えてしまえ　みんな同じになれ」

**辻村**　ほんとにすごい。笑う天使が放つ矢の炎で、こう、自分ごとになったとたん「本当に泣き出す娘ら」と歌われる。なかでも、すごく、ぐっときたのが次なんです。「総て燃えてしまえ」ってところで、わたしのことを認めないこの世のなかなんか全部灰になってしまえ、ってところまでは、自分の自意識としてもっている部分だという自覚があったんですけど、その次の詞のなかで「みんな同じになれ」という言葉が来たときに、胸を衝かれたんです。わたしがなりたいことって、なにもみんなを馬鹿にして上に立ったりすることじゃなくて、みんなみたいになれないことが悲しかったのかもしれないって。みんなと同じになりたいのになれない、どうふるまっていいのかがわからない、そのことがくるしかったんだ、ってことを、この一文に見透かされた気がしました。

――その中学生の頃、クラス内は、どういう雰囲気だったんでしょうか。

**辻村**　一部の、中心的な女の子たちがいて、その子たちがいちばん大きな声で話す権利をもっていて、他の子たちは許されない、みたいな感じでした。そのかげで息をひそめている子たちと、あと、そのどっちのグループとも話せる、学級委員などのニュートラル系、っていう三層に分かれてました。で、わたしは、ニュートラル系に仲のいい子がちらほらいる、ヒエラルキー上位のなかにも幼馴染みがいる、底辺のほうっていうか(笑)。

——スクールカースト、自分もありました。いつのまにか分かれているんですよね。

## 心を強くしてくれた言葉

**辻村** 衝撃だったことがあって。そのあと、大学の教育学部に入ったんですね。そうしたら、教育心理の授業で教授から、「みんなスクールカーストについての講義を平然と聞けるけど、聞けない子たちもいるんだよ。あなたたちは自分が成績や学ぶことによって守られていた、という自覚はありますか?」と、言われたんです。自分は、底辺だし周りから無価値に思われてたんだろうなって感じていたし、こう、成績しか取り柄がないことは学校内のカースト的にはイケてる材料にはまったくならない、って思っていたんですけど。勉強することや、サブカルチャーを吸収したり、本を読んでいたことが自分を守ってくれていたんだな、と、そこを抜けてから気がついたんです。筋肉少女帯を聴いていたことは、わたしが自分の言葉を獲得していくうえですごく大きかったんだなって。

——たしかに。筋肉少女帯・大槻ケンヂのたとえば深夜ラジオから、江戸川乱歩だったり、T・REXや、キング・クリムゾンだとか、さらに広がっていく文学や音楽の世界もありましたよね。
辻村　ひとつのものを知るとその周辺のことにも詳しくなっていきますよね。江戸川乱歩を読もうとか、大槻さんがソロ活動で「スケキヨ」っていうCDを出したから、「スケキヨ、ってあのすけきよかな？」と、父のビデオ棚にあった横溝正史映画を見てみるとか、どんどん入っていったんですけど、やっぱりそのときに自分の心をすごく強くしてくれていた部分って、たぶん、この詩のなかでいうと「さみしい少女が　蝶々を採りにいった」と、「誰にも愛されないから一人ぼっちでいった」という箇所で。蝶々を採りにいったわけじゃなくとも、きっと多くの子たちにとって、一人でなにかの楽しみを耕していた部分てものすごくあると思うんですよね。

――そうですね。江戸川乱歩、わたしも中学生時代、ハマっていましたが、エログロナンセンスとか怪奇じみた狂気さもあって、こっそり読んでいました。
辻村　乱歩のものや大槻さんの歌もそうなんですけど、残酷な描写が出てきたり、人が死ぬ描写がありますよね。クラスのヒエラルキー上《うえ》めとわたしが思っていた子たちが、それについて「怖い」と遠ざける感性しかもっていないことに、「あっ、これを怖いって遠ざけてしまうような感性の持ち主じゃなくてよかった」って感じていたんです。その一点で、上とか下とかじゃないっていうふうに思えたというのが、わたしが教室という場所を生きぬくときに、すごく役に立ってくれた気がしています。たとえば、乱歩に「芋虫」という作品があって。読む人によっては、怖いとか気持ち悪いと感じるかもしれないんですけど、すごく優しいし、美しい話だと思ったんです。なにを優しいと思うか、なにを美しいと思うかは、自分で決めていいんだっていうふうに思えた、というか。で、いま「芋虫」をそう読んだっていうのも、ひょっとしたらわたし自身の感性じゃないかもしれなくて、大槻さんとか綾辻行人さんをはじめとするような自分が尊敬してた大人たちが、優しい話として「芋虫」のことを語っているのを読んだり見たりしたことで、この話を優しいと表現できる感性が自分のなかに育ったんだと思うんです。そんな考え方が世のなかにはあるんだ、っていうこととかにまるごと影響を受けてきた。だから自分自身が選び取ったというよりも、多様性っていうものを、その大人たちが教えてくれた。

『オーダーメイド殺人クラブ』

――そんな中学生当時の思いを詰めこんだという作品『オーダーメイド殺人クラブ』は、ずっとあたためていた作品だったのでしょうか。

**辻村**　ずっと書こうと思ってたというわけでもなくて、デビュー作で高校生を書いて、そのあと小学生を書いて、かたくなに中学のことは書いてなかったんですよね。中学時代がいちばんしんどかった、っていうのがすごくあって。その時代は、小学生のときほど、大人が信じられないし、高校生のときほど達観もできない。ほんとに大人でも子どもでもない、自由度もそれほど与えられない不思議な時間だと思うんですけど、じゃあ、今回初めてやってみよう、ってなったときに、自分が、あの教室のなにに居心地の悪さを感じていたのかとか、そういうことを余すところなく書こうって。

――中学時代の「いじめ」や集団行動など、それぞれの子に繊細な感情の動きがあって説明しがたいような心理などを、誠実に丁寧に書いておられることに打たれました。

**辻村**　大人にはわからないけど、そういう複雑なことは複雑なまま説明しないと、状況なんてつかめないから、それをないがしろにしない創作をしたいなって。ただ、自分自身のことを書くっていうよりも、中学ってやはり普遍的な時代だし、あの教室で起こっていそうだったこと、明日起こりそうなことを書くという気持ちで書いてたんです。それと、書き始めたときとは変わっていったのですが、なにか特別な存在ではなく、ヒーロー・ヒロインになれなかった子たち、をきっと書きたかったんだな、と。

——この歌詞をふと思い出す瞬間や、その後の人生や生活において、及ぼした影響などはありますか。

**辻村**　自分がこう、なにかうまくいかないとき、自分を守るために誰かのことを下に見たりとか、馬鹿にすることで守ろうとしているなっていうときに、折に触れ、思い出しますね。悪い気持ちに踏み込みそうになったりしたときに、お葬式の場面を俯瞰で見ているように、「神目線」になったりして。それと、自分は「みんなと同じになりたくない」っていう気持ちに突き動かされて生きてきたつもりなのだけど、いや、自分は本当は「みんなと同じになれない」っていうコンプレックスからスタートしてるんだ、ってことを強く思い出させてくれる。それは、わたしが書くどの話のなかにも意識されていると思います。主人公たち、ひとりひとりを愛しく思って書きながら、彼らに猛省を促しているところがあって。過剰に「お前反省しろよ！」ってやりながら、一冊書き終えたときに、その人のことが許せるように自分のなかでなっている、っていうのを繰り返している気がします。猛省を促しながら、彼らのことを同時に許していくっていうのが、自分の創作の根底にあるのかなというのも、この歌を聴くたび、いつも思い出します。

——この歌詞は辻村さんにとって、どういう存在ですか。

辻村　本当に、十代のときの自分のテーマ曲だと思ってます。自分は、大人になっちゃうことが怖いと思いながら創作してるところがずっとあって。今年で四十歳なんですけど、それでもまだやっぱり大人になんかなってたまるか、って思っているところもあるんですよね。年齢とは別に、やっぱり大人になったから書けたんですね、とか、お子さんがいるからですね、って言われたりするとイラッとする。経験しないと書けないと思われる苛立ちとか、うまくは分析できないんですが、このやろーみたいな気持ちになったりして（笑）。大人になっていくということは、成熟の面じゃなくて、それまで持っていた鋭い感性を失うことと同義だと思ってるところがあって。でも、大槻さんの歌を好きでいる以上はきっとこれから先も大丈夫なんだろう、って自分のことが信じられるというか。自分の人生にテーマ曲がもらえるのなら、これがいいです。自分を救ってくれたこの曲に恥じない生き方がしたい。

辻村深月（つじむら みづき）
小説家。一九八〇年生まれ。二〇〇四年『冷たい校舎の時は止まる』でメフィスト賞を受賞し、デビュー。『ツナグ』で吉川英治文学新人賞、『鍵のない夢を見る』で直木賞、『かがみの孤城』で本屋大賞を受賞。著書に、『オーダーメイド殺人クラブ』『ハケンアニメ！』『朝が来る』『傲慢と善良』ほか多数。

大槻ケンヂ（おおつきけんぢ）
一九六六年、東京都生まれ。八八年、筋肉少女帯でメジャーデビュー。バンド活動と並行して文筆活動も始め、著書に小説『グミ・チョコレート・パイン』『リンダリンダラバーソウル』など。九九年、筋肉少女帯を脱退し、二〇〇〇年「特撮」を結成。〇六年、筋肉少女帯を再結成。活動を続ける。

# 右手新土
## 人間を肯定したい、人間を愛したい

自由な人間よ、常に君は海を愛するはずだよ！
海は君の鏡だもの、逆巻き返す怒濤《どとう》のうちに
君が眺《なが》めるもの、あれは君の魂だもの、
君が心とて、海に劣らず塩辛い淵《ふち》だもの。

自分自身の絵姿の中へ、君は好んで身をひたす、
眼《まなこ》で、腕で、君はそれを抱き寄せる、
君が思いは時に、自分の乱れ心を
暴れ狂う海の嘆《なげ》きで紛《まぎ》らせる。

君も海も、同じほど、陰険で隠しだてする、
人間よ、君の心の深間《ふかま》を究《きわ》めた者が一人でも
あったか？
海よ、誰ひとり君が秘める財宝の限りは知らぬ
ではないか？
それほどに君らには各自《てんで》の秘密が大事なのだ！

そのくせ君らは幾千年、情《なさ》け容赦《ようしゃ》も知らぬげに
戦いつづけて来てるのだ、
おお、永遠の闘士たち、おお、和し難い兄弟よ、
血煙《ちけむり》あげる殺戮《さつりく》と死がさほどまで気に入る
か！

ボードレール（堀口大學 訳）「人間と海」（『悪の華』）

ボードレール「人間と海」との出会い

**右手**　十七歳で北海道から上京して、花小金井ってところに住んでたんですけれど、そこのけっこう大きい古本屋の二階で夏の暑い日、ちょっとモアッとしたなかで、音楽もあまりよくない、なんだかガチャガチャしたのがかかってて。おばさんもけっこう話してて、そんななかでこのボードレールの詩集を手にとりました、序文にまず惹かれて。どういう順番で読んだかはよく覚えてないんですが……。この「人間と海」を読んだときに、冷気、風みたいなのが前からきて、鳥肌がぞわっと立つような感じで、ものすごい衝撃を受けたのをよく覚えてます。

――読んで、どう感じましたか。

**右手**　最初に感じたのは、前提のなさみたいな。「自由な人間よ、常に君は海を愛するはずだよ！」ってとつぜん、始まるんですよね。小説だといろんな前提条件がある。そういうのをぜんぶすっ飛ばして、海辺にこうポツンといるのが、ドンと浮かんでくるような。社会のなかにいろんな職種の人がいて、そういう前提みたいのを暴力的にぜんぶ飛びこえて、ボードレールは、美とか、ビリビリくる電気みたいなものにいきなり触れるみたいなとこがあって。しかも、それがすごく人間を肯定しているというか、そう感じました。

――その後の人生や仕事、生活のなかなどで、この詩の及ぼした影響などありますか。

ボードレールのもたらしてくれたもの

**右手**　不思議なもので、ボードレールが縁になって、人と出会っていることがすごく多いんです。今回のこの本（本書）のことも特別なものに感じています。君島青空という、フジロックとかにも出ている、すごくいいミュージシャンがいるんですね。そのかたに出会ったとき、ぼくも君島さんもおたがい十代で、いい詩や小説を教え合おう、っていう話になって。ぼくはこの「人間と海」を伝えて、彼が、バタイユの「マダム・エドワルダ」を教えてくれて、本屋さんに買いに行ったりしました。そして、拙いんですけど、その感想を発表したらあるかたからお声がかかって、美術系の雑誌に短篇小説を載せてもらえることになって。それが十九歳頃のことかな。

――この詩をふと思い出す瞬間など、ありますか。

**右手**　亡くなった人を思い出すわけじゃないから、そういう感じとはちょっと違うんですけど、十代の記憶とセットになっていて、それで思い出すことは多々あります。十代を終える瞬間も、この「人間と海」を読んでいて、読みながら二十歳になって「これに感動しない大人にはぜったいならないぞ」なんて思いながら（笑）、その瞬間を迎えたりしてましたね。

――上京してから、大変なこととか、つらい状況などあったりしましたか。また、大切に思っていることなどありますか。

**右手**　もちろんいっぱいあるんですが、ぼく、一九九六年生まれで、けっこういまのテクノロジーの影響を強く受けていて。そういうものに対して、詩もそうなんですけど、もう少し心みたいなものをだいじにして生きられないかな、とかなり小さいときから思っています。なので精神的な探求をしたい、っていうのはずっとありました。

――精神的な探求といえば、ボードレールも薬物による幻覚体験で創作していたときがありましたよね。

## 「人間」であること、「人間」を肯定すること

**右手**　はい、彼もそうなんですけど、そっちに行っちゃダメだよ、っていうのは、ぼくはすごく伝えたいです。あと自分は、人間でありたいといつも思っていて、でも、いまって、人間でいることがすごく難しいんですよね。

——たしかに。時代的に、人間であることを否定してくるみたいな感じはありますよね。

**右手**　ボードレールと同じ時代に生まれた作家ですが、ドストエフスキーも、彼がまだ作品を書いたことがない、十八歳で言っていたことがあって、「人間とは謎である。わたしはその謎を解き明かしたい。なぜなら人間でいたいから」という言葉ですね。その「人間でいたい」って部分が、人間を肯定したい、人間を愛したい、ってことに相当すると思うし、人間の秘密に迫る、っていうのは、人間を肯定する、っていうベクトルがあるということが重要だなって思うんです。だから、人間を愛する、肯定するという前提に立って、人間の謎に迫っていく。文学、作品を書くということは、国家とかグル、宗教的な主とか、そういうものに責任を与えるということじゃなくて、作品がだめなのは、自分がだめっていう、ある種の責任をちゃんと引き受けていくことで、ぼくはそこにすごく惹かれます。

——また直感的なことでいうと、ボードレールの言葉で「この作品は美しい、なぜなら、鳥肌が立つから」というのがありましたね。

**右手**　鳥肌が立つメカニズムを解析したとしても、なぜビリビリ来るのか、っていうのはもっと深い次元にあることだから、この、詩を肯定したり、人間を肯定するっていう次元に立たないと、科学で解析することって、あまり力を持たない。でも、それを、ちゃんと子どもって感じるんですよ。

### 審美眼と道徳、倫理

**右手**　仕事柄、子どもたちと関わる機会も多いんですけど、なかなか混乱しているこの世のなかで、これから新しく生まれてくる子たちも、そんななかに生まれてくる。シュルレアリスム運動を始めた、アンドレ・ブルトンは「ボードレールは、道徳についてのシュルレアリストだ」と言っています。彼の言葉は不道徳なんですけど、とても倫理めいたものを持ってるんですよね。たとえば、子どもって、「これは本当に正しいんだろうか、自分が生きている意味があるのか、生は生きるに値する意味があるのか」とか、本当は大人に真剣に答えてほしい、とたぶん感じてるんですよね。それについて答える仕事を、ボードレールはやったんだ、とぼくは思います。

――この詩は、新土さんにとって、どのような存在でしょうか。

**右手**　この世界にはなにか生きるに値するものがあるし、美だったり、価値のあるものがある。世界は無意味じゃない。この詩は、新しく生まれてくる子どもたちにも必ず意味はあるし、生きてきて良かった、と思えるようなものがあるっていう証しに思えるんです。

でも、それをまっすぐ言うんじゃなくて、詩として一生、研磨しつづけたみたいですね。『悪の華』の詩ってほぼ二十代のときに書いてるんですけど、四十四歳で死ぬまで直し続けてたらしくて。一語を何回もとか、炎、罠、糞尿、ウジ、などいろいろ出てきますけれど。その混沌のなかから、人間を肯定している、生きている喜びを書いている。ボードレールは、道徳的な直感というか、本当にそれが美しいかを判断できる審美眼を持っている、とは感じます。道徳と審美眼っていうのが、ひとつのキーだと思います。人を傷つけてはいけない、とか、できれば協調したい、できれば違う国・違う性別の人ともわかり合いたい。それがあるから道徳が養われて、審美眼も養われていく。自分のなかで、ひとつの「倫理」みたいな存在ですね、この詩は。

右手新土（うて しんど）
一九九六年生まれ。東京大学先端科学研究センター勤務。中・短編小説の執筆、現代詩の翻訳など。岡山県生まれ、北海道上川郡出身。

ボードレール（一八二一〜一八六七年）
フランス・パリ生まれ。詩人・評論家。大変な教養人であった父を幼くして亡くし、十八歳より放蕩生活に入る。評論・翻訳家として活躍ののち、書きためていた詩篇を詩集『悪の華』として刊行。晩年は不遇であったが、世界中の読者、詩人たちに甚大な影響を与える。十九世紀フランスを代表する詩人。

# 青柳しの
## 悲しみにくれる日々も、かけがえのない一日一日

冬に泣き春に泣き止むその間の彼女の日々は花びらのよう　堂園昌彦『やがて秋茄子へと到る』

歌との出会い

青柳　駅で待ち合わせしていた友だちが、会ったとき、買ったばかりという本三冊を紙袋に入れて持ってたんですね。なに買ったの？　と聞いたら、そのなかの一冊が『桜前線開架宣言』（山田航 編著）で。この本が出たばかり、二〇一五年の末かな。それでわたしも買ってみよう、って。

――ああ、わたしも出てすぐに買いました。良い現代短歌アンソロジーですよね。

青柳　そのとき、ちょうど短歌を読者として読みはじめたばかりの頃で。この本から、気に入った人の歌集を買おう！　と思ったんですよね。そのあと、お正月休みに読んで。堂園昌彦さんの短歌いいな、もっと読みたいなあ、と最初に買ったのが、堂園さんの歌集『やがて秋茄子へと到る』でした。

彼女の日々は花びらのよう

青柳　はじめに読んだときから、すごく気に入って。海外のおしゃれな映画のヒロインを想像したんですよね。秋と冬に悲しいことがあって、冬はずっと泣いてて、でも春になって、少しずつ回復して元気になっていくという、季節としても理解しやすい。そんな感じのこう、きれいなものを遠くから見るイメージで、とても印象にのこりました。

――悲しんでいる人、日々へのやさしいまなざし、が感じられますね。

青柳　花びらって、結婚式でまいたり、桜の花吹雪とか、けっこう祝福っていうイメージがあるでしょう？　だけど、泣いているときや、悲しい、散々な日々のことを「花びらのよう」って。そういうふうに見てもらえる、見ることができる「目」というのが素敵だな、救いだなあ、と思いました。涙と花びらも、やっぱり一枚一枚、形が違う。花についてるのも花びらなんですけど、ハラハラハラって落ちるときのほうが花びらっぽくて。悲しみにくれている一日一日も、かけがえのない一日一日なんだなあ、って。

――傷から少しずつ立ち直る日々も、またかけがえがない。

**青柳**　誰が花びらみたいに思っているのか。悲しんでる本人じゃなくて、ちょっと離れてる人かな?

――この傷ついてる彼女を大切に思って、見守っている誰か、かもしれませんね。

**青柳**　そういうふうに思ってくれる人、神さまとか。わからないけど、そんな存在っていいなあ、と思いました。

社会人三年目、苦難の時期

――状況的にくるしいこととかあったのでしょうか?

**青柳**　じつは、さっき話した、本をたくさん持ってた人と仲良くしてて、その冬にいろいろありました。めちゃめちゃ仕事が忙しい人で、連絡がつきにくかったんですよね。十二月に、「一月に会いましょうね」って約束してても、前日にドタキャンされたり。

――ああ、その人が、短歌の本を教えてくれた人だったんですね。つきあっていた？　仲良くなりつつあったという感じでしょうか。

**青柳**　つきあってはいないかな。そのあと、翌年の夏くらいに告白して。返事をもらったりする前に、めちゃめちゃケンカして、別れる、みたいになっちゃった。

――あらあら。どうしてまた、ケンカに。

**青柳**　おたがいの考えかたの違いかなあ。わたしは、つきあうかつきあわないか、ハッキリしてほしかったんですけど、その人がハッキリしなかったんですよ。いまだったら、そういう考えかたも理解できるんですけど、当時は理解できなくて、なんで？　っていうふうになっちゃって。まあ、向こうも仕事が忙しかったし。

――青柳さんは社会に出て、もう仕事を始めていた頃だったのでしょうか。

**青柳**　もう始めてましたね。二〇一四年の春から社会人になって、三年目に仕事の都合で、研究のため、大学院に入って。その年の夏に告白して、ケンカ別れのようになっちゃって。秋くらいまで「はああ……」ってすごく落ち込んで。謝るってのもアレだし、そもそも連絡が遅い！　んですよ。謝っても返信ないし、わたしも謝ることじゃないし、と思ったりしつつ。うーん、どうしよう……、これは、このまんま会えないんだ、じゃあ告白しなければ良かったかな、とか悩んで。そのときは、また一生会えない人を作ってしまった……って。それまでにもケンカして修復できなくて、一生会えなくなっちゃった人、っていたんですけど。また作っちゃったなあ、って。その人とは、そうなりたくなかったのに。

——つきあわないとしても、友だちとして関係は続けていきたかった？

**青柳**　そうなんです。やっちまった、って。そのときに大学院生をしてたのもあって、わりと時間があったんですね。だから暇なとき、ずっと泣いちゃってて。大丈夫かなあ、って自分で心配になるくらい。本当は研究を進めないといけない時期で、そのへんは、日によって調整したりして、がんばってはいましたけど。

——時間があると、よけいに思い詰めちゃいますよね。

**青柳**　たいてい泣いてて。電車の通学も一時間くらいあって、そのときもめちゃめちゃ泣きそうだったんですけど、電車で泣いてたら変なやつだから、がんばってガマンするみたいな（笑）。こんなに泣くんかい？　って思ってたときに、この堂園さんの歌をまた思い出して。こんなに泣いてたら、花びらみたいにうつくしいわけないやん！　って気持ちになるんですよ。

――セルフツッコミですね。

青柳　目とかもめちゃめちゃ腫れるし。大学院でも研究だってしなきゃいけないのに、その研究自体もあまりうまくいってなくて。仕事の都合で行ってたんですけども、初めてやるやつで難しいし。テーマを見つけなさい！　って先生に言われてもよくわかんないし、プライベートもそんなだし。

――友だちとの関係はその頃、どうだったのでしょう。

青柳　大学院の人とか、まあまあ仲良くなったんですけど。学部のときのような親しい感じにはならないので。つらい日々でしたね。思い出しても、やあ、無理……！　て気持ちになるくらい（笑）。でも、もしかしたら、この歌みたいに、何年後かには、花びらみたいだったな、と思えるのかな？　いや、無理……みたいなことぐるぐる考えてましたね。

――そのあとは、少し落ち着いてきましたか？

**青柳**　立ち直るしかないよなあ、って、ちょっとずつ元気になってきて。でも、たぶんこの人のことは一生、好きなんだろうな、ってのはありました。生きていればいつかは会えるかなと。いつのまにか寝ても覚めても泣いてる、みたいには、ならなくなりましたね。

――絶望の気持ちが、少しずつ癒えていった感じでしょうか。

**青柳**　そのときは、ぜったいにそんな日が来るわけない、と思ってたんですけど。真っ暗ななかでも、ちらっと明るく光る、かすかな希望みたいに映っていたのかも。「花びらのよう」って自分で自分のことというのも恥ずかしいんですけど（笑）。元気になったいまでは、ああ、そういうこともあったな、って感じにはなったので。そのあとも、イヤなこととかあったりすると、「あのときも無理！　って思ったけど、立ち直ったし」って思える。

――そんな日々だって乗りこえたんですものね。

**青柳**　そのあと、一年くらいして、彼氏もできたりして。その人のことも、ときどき思い出すんですけど、もう大丈夫かな、と。まあ、失恋なんて、そんなに大したことじゃないんですけどね、人とくらべて。ブラック企業で死を思った、とか家族に不幸があったとか。

――でも、個人の「悲しみ」って他の人とくらべて、どうだ、ってことはないと思いますよ。一人一人がちゃんと、悲しいのだし。

二つのお守り

――この歌は、青柳さんにとって、どういう存在ですか？

**青柳**　「お守り」かな。最近は仕事などで「これやったら終わるだろう〜」って思ってがんばるんだけど「全然終わんないじゃん！　なんでやねん。先見えないんですけど！」みたいに、どんどん仕事が降ってきて、ってときとか。あと、このあいだ、仕事で出張へ行ったときに、いろんな国の人とセミナーを受けて、でも、ぜんぜん英語できないから、一緒にやるワークのとき、変なこと言っちゃったりして。英語できないのもイヤだし、変なこと言っちゃった、てのもイヤだし、変なこと言っちゃった！　って、この歳になってヘコんでるのもイヤなんですよ。しかもその日、めっちゃおなか壊して、一人で部屋でめっちゃ泣いてたんですけど。そのときも、この堂園さんの歌、思い出してました。

――やっぱり煮詰まったり、くるしいときに思い出すんですね。

**青柳**　そう、いつか、春くるかな、って。そういうふうに読まれるような短歌ではないと思うんですけど、素敵だなって。それと、めっちゃ自分でがんばんなきゃ、っていうときは、佐藤弓生さんのこの歌を思い出します。

空はいまうすむらさきに万国旗ゆれてわたしは意志をもつ船　　佐藤弓生『モーヴ色のあめふる』

**青柳**　佐藤さんの歌集『モーヴ色のあめふる』にサインをいただいたとき、書いてくださった歌なんですけど。これを見ると、がんばんなきゃ、って。これ、港から出ていく船、って感じがするでしょう。

――いいですね。颯爽と船出をする感じ、たしかにあります。

**青柳**　仕事で海外出張へ初めて行くときに、めちゃめちゃ不安だったんですけど、この歌を読んで、せっかくだから、がんばろう、って思えた。自分で決めて進んでいく感じが、好きなんです。自分で決めて、なにかしないといけないときは、この佐藤さんの歌を思い返して、がんばらなきゃ、がんばろう！　って言い聞かせて。ダメだ……もうがんばれない、というときは、堂園さんのこの歌を「お守り」にしていますね。

青柳しの（あおやぎ しの）
一九九二年宮城県生まれ。会社員。現在関東在住。就職で縁もゆかりもない土地に引越し、さみしく思っていたところ、詩の読書会「ポエトリーカフェ」を知る。みなさんと詩を読むのが楽しく、その後も断続的に参加している。遠方に住む友人とのオンライン読書会が日々の楽しみ。

堂園昌彦（どうぞの まさひこ）
一九八三年、東京都生まれ。高校生の頃より作歌を開始。「早稲田短歌会」をへて、現在、短歌同人誌「pool」所属。二〇一三年、歌集『やがて秋茄子へと到る』刊行。

佐藤弓生（さとう ゆみお）
一九六四年、石川県生まれ。二〇〇一年「眼鏡屋は夕ぐれのため」で第四十七回角川短歌賞受賞。歌集『薄い街』『モーヴ色のあめふる』などのほか、詩集『新集 月的現象』『アクリリックサマー』など。共編著にアンソロジー『短歌タイムカプセル』。

## 宮内悠介

# 光のパイプオルガンは弾かれたのか

おまへのバスの三連音が
どんなぐあいに鳴ってゐたかを
おそらくおまへはわかってゐまい
その純朴さ希みに充ちたたのしさは
ほとんどおれを草葉のやうに顫はせた
もしもおまへがそれらの音の特性や
立派な無数の順列を
はっきり知って自由にいつでも使へるならば
おまへは辛くてそしてかゞやく天の仕事もする
　だらう
泰西著名の楽人たちが
幼齢　弦や鍵器をとって

すでに一家をなしたがやうに
おまへはそのころ
この国にある皮革の鼓器と
竹でつくった管《くわん》とをとった
けれどもいまごろちゃうどおまへの年ごろで
おまへの素質と力をもってゐるものは
町と村との一万人のなかになら
おそらく五人はあるだらう
それらのひとのどの人もまたどのひとも
五年のあひだにそれを大抵無くすのだ
生活のためにけづられたり
自分でそれをなくすのだ

すべての才や力や材といふものは
ひとにとゞまるものでない
ひとさへひとにとゞまらぬ
云はなかったが、
おれは四月はもう学校に居ないのだ
恐らく暗くけはしいみちをあるくだらう
そのあとでおまへのいまのちからがにぶり
きれいな音の正しい調子とその明るさを失って
ふたたび回復できないならば
おれはおまへをもう見ない
なぜならおれは
すこしぐらゐの仕事ができて
そいつに腰をかけてるやうな
そんな多数をいちばんいやにおもふのだ
もしもおまへが
よくきいてくれ
ひとりのやさしい娘をおもふやうになるそのとき
おまへに無数の影と光の像があらはれる
おまへはそれを音にするのだ
みんなが町で暮したり
一日あそんでゐるときに
おまへはひとりであの石原の草を刈る
そのさびしさでおまへは音をつくるのだ
多くの侮辱や窮乏の
それらを噛んで歌ふのだ
もしも楽器がなかったら
いゝかおまへはおれの弟子なのだ
ちからのかぎり
そらいっぱいの
光でできたパイプオルガンを弾くがいゝ

一九二五、一〇、二五

宮澤賢治「告別」(『春と修羅 第二集』作品第三八四番)

**宮内**　じつはよく憶えていないのですが、最初に知ったのはたぶん、学生かフリーター時代に買った賢治の詩集を通してでした。でも、そのときは気に留めなかった。再発見したのは、就職して七、八年経った頃です。詩のなかに、「おまへの素質と力をもってゐるものは／町と村との一万人のなかになら／おそらく五人はあるだらう」とあります。この箇所は、語り手が「おまへ」を高く評価するとともに、ドライな側面も垣間見える、好きなパートです。続けて、「それらのひとのどの人もまたどのひとも／五年のあひだにそれを大抵無くすのだ／生活のためにけづられたり／自分でそれをなくすのだ」この冷徹さ。身に覚えもあり、どきりとします。そしてとどめ。「すべての才や力や材といふものは／ひとにとゞまるものでない／ひとさへひとにとゞまらぬ／云はなかったが、／おれは四月はもう学校に居ないのだ」と、タイトルの「告別」の意味が明かされます。音楽をやっている誰か、おそらくは教え子に向けたメッセージという体裁の詩ですが、つまらない応援やありがちな現実主義を超越した、突き刺さるなにかがあったのでした。

「小説家」をめざす道で

――真摯な言葉がたしかに刺さります。就職して、七、八年というと、会社に勤めながらも、作家を目指して研鑽していた時期にあたりますか。

**宮内**　会社員時代だったと思います。人は変わる。あると信じていた自分の才も、気がつけば手からこぼれ落ちる。そういうことが、身に染みてわかってきた頃です。

――身に染みてというと、自分の才への自信、というか確証が少しゆらぎはじめたりもしていたということでしょうか。

**宮内**　自信や確証といった自己評価ではなく、一つの事実として、人間は環境によって、よほどのことがないかぎりはスポイルされていきます。このことを賢治は指摘しているように読めます。

――ちなみに賢治がこれを書いたのも一九二五年十月、二十九歳の頃です。

**宮内**　二十九歳の賢治が書いたものを、二十九歳くらいの私が受け取ってガツンと来たのは面白い一致です。

――文学賞などへの投稿を始められたのはいつ頃で、初めてのご受賞は、いつだったのでしょう。

**宮内**　投稿をはじめたのは二十歳頃です。三十歳で、身体を壊して会社に行けなくなり（だいぶ迷惑をかけました）、さてどうしようと途方に暮れていたところに、以前応募していた「盤上の夜」という原稿で、ひょいと第一回創元SF短編賞の選考委員特別賞（山田正紀賞）なるものをいただけたのでした。同時期に、「ミステリーズ！新人賞」で最終候補にのこりました。あとは全部一次で落ちています。で、無職なものですから……短編を書いては編集さんに送ってをくりかえし、幸い一冊にまとまりました。

――十年、一次選考で落ち続けて、まさに背水の陣で書かれた一作だったのですね。諦めずに応募した「盤上の夜」創作の頃の記憶はありますか。

**宮内**　人間、大変なときの記憶というものは飛んでしまうもので、さてどうだったか……。プレイングマネージャーをやっていて、洗濯の時間もないので毎晩コンビニで下着を買ったりしていました。いつ書いたんだろう（笑）。昼に喫茶店でワンブロックだけノートに書いたりとか、そんなことをしていたことは漠然と覚えています。そういうわけで「告別」は私にとって原点というか、内容もあいまって、ある種の出発点であったのでした。

――「告別」の印象的な箇所がほかにあればおしえてください。

**宮内**　「そのあとでおまへのいまのちからがにぶり／きれいな音の正しい調子とその明るさを失って／ふたたび回復できないならば／おれはおまへをもう見ない」ここで、もうワンパンチ飛んできます。冷徹なようですが、どれだけ「おまへ」を買っているのかというのも、この一節から窺える。ドライさと大きな愛情（それは芸術というものへの愛情でもある）が窺える好きな一節です。続く一文がまたいいんですよ。「なぜならおれは／すこしぐらゐの仕事ができて／そいつに腰をかけてるやうな／そんな多数をいちばんいやにおもふのだ」。そうだそうだ！　と言いたいところではありますが、やはりこれもまた、少し気を抜くと陥るなにかなのですよね。いまこうして語っている私自身、本当にこれに陥っていないかどうかと問われると、強く大丈夫だとは言えないです。逆に、大丈夫だと言えてしまう人は信用ならない。

――たしかに、ある程度なにかを成しえた人間が陥りやすい境地かと思います。

**宮内**　ついで、「ひとりのやさしい娘をおもふやうになるそのとき／おまへに無数の影と光の像があらはれる」。なんだその決めつけは！　という感じではありますが、ここはまあ、クライマックスに続く重要なつなぎ。「おまへはそれを音にするのだ」二重に解釈できる箇所です。一つは、「おまへ」が才を失っていない場合。もう一つが、「おまへ」がすり減ってしまったあとのことを語っている場合。後者の解釈を取ると、スポイルされた人間の魂の再生と取れる。だがしかし。最後の最後、「ちからのかぎり／そらいっぱいの／光でできたパイプオルガンを弾くがいゝ」きわめて印象的で美しいラストなのですが、光でできたパイプオルガンを弾いている状態とは、見かたによっては、すでに芸術とは縁が切れてしまっている状態とも取れる。このあたり、ちょっと解釈に迷うのですが。

　賢治自身の年譜的なことについてはよく知らないのですが、さすがに上から目線すぎる詩なので、この「おまへ」はもしかしたら架空でしょうか。あるいはもう一人の自分？

——この詩は、実際に、音楽の非凡な才能がありつつも、農家の息子だったため、その道を目指すのは困難であろうと予想される教え子がいて、その彼と生徒へ向け、農学校の退職直前に書かれたもののようです。賢治はその教え子にとても目をかけていました。

**宮内**　なるほど、ありがとうございます。とはいえやはり、自分自身に向けている側面もないとは言いきれないようにも思えます。それはともかく、先を続けましょう。「もしも楽器がなかったら」とその前にあるので、「おまへ」が芸術を手放してしまった状態が想定される。そのうえで俯瞰してみると、「おまへ」の才を買いつつ、できれば続けてほしいと願いつつ、それが失われることを見越して、さらにその先の処方箋を示しているようにも読めます。このあたりの解釈は、三者三様だと思うのですが。ラスト一行から喚起される私のイメージは、生活のなかで芸術を手放した人間が、それでも感性やポエジーを保ち、日々を生きていく様子です。そう考えるなら、この最後の「おまへ」は、すでに芸術の世界からはシャットアウトされてしまっている。それを芸術家と呼べるかどうか。でもやはり、ここにはなにか救いがある。

——そうですね。たとえ「手段」（楽器）を失ったとしても、人は芸術家である。「おまへ」は芸術を志すすべての人間であり、自分をも指しているのかなと思います。

**宮内**　ただ経験上、スポイルされた人、もうこの人は書けなさそうだと思われたような人が、実際のところ、私を含め、復活することはある。

——宮内さん自身がスポイルされ、それでも復活されたということなら、それはなにがきっかけで、引きもどす力となったのでしょうか。

**宮内**　私の場合、執念です。たぶん、ただそれだけ。修復されたところもあれば、おそらく、スポイルされたままの部分もある。わりとみんなそうな気はします。むかし、インドを旅したとき、あちこち壊れたまま走っているバスに乗ったのですが、それでもまあ、バスは走っていたし、目的地まで運んでくれた。そして文字通り生活によって削られている。まあ不恰好なバスですし、光はおろか、淀みでできたパイプオルガンを弾いている感がすることすらあります。でもまあ、このバスは動く。それはそう悪いことでもないと思うのでした。

——ガタピシといわせながらも走り続け、目的地まで運んでくれるインドのバスのように。いいですね（笑）。

**宮内**　そして、さらに齢を重ねた賢治が、振り返ってこの詩のアップデート版みたいなものを書く機会があったらどうなったのか、と考えてしまうこともあります。実際は病におかされ、「丁丁丁丁丁」の世界に入っていったりもしてしまうのですが……。

光のパイプオルガンは弾かれたのか

——賢治は二十代で童話を多く創作し、二十八歳になる年に、詩集『春と修羅』に続き、童話集をほぼ自費出版に近いような形で刊行しています。けれど、まったく売れませんでした。なので、童話や詩で世に華々しく受け入れられることを諦めかけていた頃なのかなと。「教師をやめ、ほんとうの百姓になる」と友への手紙に書いていたり。

**宮内**　「ほんとうの百姓になる」か。出版を試みるも売れず、畑へ向かっていく著者のライフストーリーと合わせて考えてみると、もしかすると、「告別」はある種の芸術との告別の意も重ねられているのでしょうか。

――まず、愛する教え子たちとの別れという意はあると思います。ただ、この詩の翌年に書かれた「農民芸術概論要綱」という文章のなかで、農民の生活を表現の場と見なし、「誰もがみな芸術家であり、おのれの優れている方向で、めいめいの才を生かせ」「新たな美、価値観を創造せよ」などと言っているので、商業としての「芸術」といったものへの告別をも示唆しているかもしれません。

**宮内**　実際に「光でできたパイプオルガンを弾く」ことの難しさは、のちの「疾中」の賢治自身が体現しているような気もします。というより賢治自身が自らの予言をなぞっている感すらある。が、そんななかでも「眼にて云ふ」をなしたり、さらにあとになって、「雨ニモマケズ」が出てきたりする。たしかに、光のパイプオルガンは弾かれていたのかもしれない、という印象です。

――宮内さんのその後の人生や生活に、この詩が及ぼした影響などありますか。

**宮内**　私の考えかたに及ぼした影響はあるかというと……実のところ、アーティストなら誰もが大なり小なりわかっていることが再確認されたにすぎない面はあります。ただ、それでいて、ここには本当にあっという間に忘れてしまうような何物かが書かれていもする。ですから、ときおり詩集を開いては読み返します。

――ふと思い出す瞬間などありますか。

**宮内**　スランプのたびに思い出します。

――この詩はご自身にとって、どのような存在でしょうか。

**宮内**　大事なことがだいたい書かれていますので、原点に立ち返りたいときに読み直したり、あるいは調子に乗りやすい自分を諫めてくれたり、いわば、重石です。コンパス？こっちのほうがかっこよかった。

――重石であり、コンパスのような、とか？

宮内　「指針」でお願いします！

――了解です（笑）。

宮内悠介（みやうち　ゆうすけ）
一九七九年生。小説家。著書に『盤上の夜』（日本SF大賞）、『彼女がエスパーだったころ』（吉川英治文学新人賞）、『カブールの園』（三島由紀夫賞）、『あとは野となれ大和撫子』（星雲賞）、『遠い他国でひょんと死ぬるや』（芸術選奨文部科学大臣新人賞）など。

宮澤賢治（みやざわ　けんじ）
一八九六〜一九三三年。岩手県花巻市出身。詩人・童話作家。幼時から仏典に親しみ、日蓮宗を信仰。俳句・詩・童話の創作に励む。一九二一〜五年間、花巻農学校教諭をつとめる。教諭退職後は、農民の生活向上、農業改善にも尽力。生前に刊行されたものは、詩集に『春と修羅』、童話集に『注文の多い料理店』のみ。日本を代表する、国民的詩人の一人。

# あとがき

「特別な一篇の詩」について皆さまにうかがったところで、わたしも明かします。

あれは、呑気な学生時代を終え、会社に入り、おのれの未熟さとアホさに向きあわざるをえなかった二十代前半のある日のこと。社内での不条理とも思えるできごとに精神がきしみ、退勤後の帰り道にとめどなく涙があふれてきたのでした。泣きながら電車にも乗れず、駅の手前、川沿いの土手の草むらの奥へ分け入ったそのとき、口をついて出たのが、安水稔和《やすみずとしかず》さんの詩の一節でした。「みじめではない／と思いたい。／だのにひとは／みじめさのなかではじめて生きる。」(「存在のための歌」『存在のための歌』収録)。草むらにうずくまり、この詩句を呪文のように十回ほど口ずさんだら、涙は止まっていました。みじめだ、と感じる自分を、この詩がふんわり包んでくれたのかもしれません。そして、暗がりの草むらで泣きながらこんなこと唱えている人間を見かけたら怖いだろうなと、笑って、我に返りました。立ち上がり、歩き出したときの温かな感情をいまでも憶えています。ちなみにこの安水さんの詩との出会いは、この会社のなかででした。

十年来の知己、編集者の天野みかさんから「詩の本を一緒に作りたい」とお声がけいただいたのが、去年の七月のこと。初めての打ち合わせの際に話したのが、この本の構想でした。「特別な一篇の詩」について、さまざまなかたに聞きたい、と。そこからは刊行に向け、お話を聞かせてほしいかたがたを挙げていったり、依頼の文章や、質問内容を考えたり、具体的な作業にかかってゆきました。刊行が正式に決まったのが、今年の二月。奇しくもコロナ禍前夜の頃合いでしたが、依頼への快諾のお返事をいただくたびに、欣喜雀躍したものでした。四月の末までに十一名の皆さまへのインタビューを行い、六月に全構成を終え、原稿を読み返して思ったのは――自分の想定をはるかにこえる風景を見せてもらえた――ということでした。「一篇の詩」に出会い、そのかたがたどっていった道のり。その詩に与えられた、なんらかの力。その人の心に強くふれた「詩」――それは、もともとの「心の向き」をそっと照らす月明かりのようなものかもしれない、といまは考えたりしています。

さいごに。大切なお話を聞かせてくださった十一名の皆さまへ、心からの感謝をささげます。また、詩の掲載を許諾くださったかたがた、担当編集の天野さん、支えてくれた家族。素敵な絵を描いてくださった鶴田陽子さん、本書にうつくしい姿を与えてくれた、装幀の土屋みづほさん、ありがとうございました。

この本が「詩」とあなたとの距離をほんの少しでも近づけるようなものになれたなら、うれしいです。

Pippo

編者略歴

Pippo（ぴっぽ）

1974年東京生まれ。近代詩伝道師、朗読家、著述業。文化放送ラジオ「くにまるジャパン極～本屋さんへ行こう!」準レギュラー。青山学院女子短期大学芸術学科卒業後、詩書出版社の思潮社へ入社。編集部時は多くの詩書編纂に携わる。2008年より、音楽・朗読および近代詩伝道活動を開始。2009年10月より、詩の読書会「ポエトリーカフェ」を月例にて開催。

著書に『心に太陽を　くちびるに詩を』（新日本出版社）がある。

一篇の詩に出会った話

2020年10月20日　初版第1刷発行

編　者　Pippo

発行者　竹村正治

発行所　株式会社 かもがわ出版

〒602-8119　京都市上京区堀川通出水西入

TEL 075-432-2868　FAX 075-432-2869

振替　01010-5-12436

http://www.kamogawa.co.jp

印刷所　シナノ書籍印刷株式会社

ISBN978-4-7803-1115-0　C0095　Printed in Japan


JASRAC 出 2006837-001